诗
想
者

H I P O E M

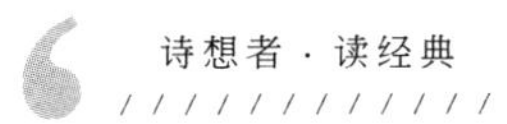

Zhengwu De Shishen

正午的诗神

沈　苇　著

GUANGXI NORMAL UNIVERSITY PRESS
广西师范大学出版社
· 桂林 ·

策 划 人/ 刘 春
责任编辑/ 余慧敏
助理编辑/ 郭 静
责任技编/ 李春林
肖像作者/ 陈 雨（塔社阿非工作室）
装帧设计/ 扬子鳄书坊·唐秋萍

图书在版编目（CIP）数据

正午的诗神 / 沈苇著．—桂林：广西师范大学出版社，2018.10

（诗想者·读经典）

ISBN 978-7-5598-1178-3

Ⅰ．①正… Ⅱ．①沈… Ⅲ．①随笔—作品集—中国—当代 Ⅳ．①I267.1

中国版本图书馆 CIP 数据核字（2018）第 210571 号

广西师范大学出版社出版发行

（广西桂林市五里店路 9 号 邮政编码：541004
网址：http://www.bbtpress.com）

出版人：张艺兵

全国新华书店经销

广西民族印刷包装集团有限公司印刷

（南宁市高新区高新三路 1 号 邮政编码：530007）

开本：889 mm × 1 194 mm 1/32

印张：9.5 字数：220 千字

2018 年 10 月第 1 版 2018 年 10 月第 1 次印刷

定价：59.00 元

缘　起

经典作品总是常读常新，其魅力不会因为时间的流逝而削弱。阅读经典，不仅能扩充我们的知识面、开阔视野、增强思想的深度，更重要的是，经典作品能够延展我们生命的维度和情感的纵深，让我们度过一个更有意义的人生。因此，任何一种经典，都值得我们穷尽一生去阅读，去领会，去思索。

作为“诗想者”品牌重要组成部分的“读经典”书系，以对文学艺术领域的经典作品、代表性人物的感受和介绍为主。所选作者，多为具有突出的创作成就的作家，他们对经典作品的感悟、解读、生发、指谬，对人物的颂扬与批评，对“伪经典”的批判，均秉承“绘天才精神肖像，传大师旷世之音”的宗旨。在行文造句中，力求简洁、随和、朴实，不佶屈聱牙、凌空蹈虚。

做书不易，“诗想者”坚持只出版具有独特性与高品质的文学图书，更是充满孤独与艰辛，但对文学的这一份热爱，值得我们不断努力。“读经典”书系既是对古今中外杰出作家与作品的致敬，也是对真诚而亲切的读者的回报，同时，我们也期望通过这一系列图书，为建设书香社会尽绵薄之力。

广西师范大学出版社

2018 年 9 月

目录

正如树叶的枯荣，人类的世代也是如此。
秋风将树叶吹落到地上，春天来临，
林中又会萌发，长出新的绿叶，
人类也是一代出生，一代凋零。

——荷　马

荷马：神明的作品

每一种文明都在寻找自己光辉的源头，以便汲取父亲般的智慧和力量。荷马（Homer，约公元前9世纪—公元前8世纪）正是这样一个“源头”。他被后人誉为“诗歌之父”，被但丁称为“诗人之王”。柏拉图说“荷马教育了希腊”，谁又能说荷马不是教育了西方乃至整个世界呢？

维柯对荷马是很有研究的，他在《寻找真正的荷马》一文中认为，荷马至少配得上以下三种赞词：他是古希腊政治体制和文化的创建人；他是一切其他诗人的祖宗；他是古希腊哲学一切流派的源泉。

大约有七座城市争相认为自己是荷马的诞生地。但是，关于历史上是否确有荷马其人，历来是争论不休的。荷马在《阿波罗颂歌》中自称是“一位盲人，住在岩石嶙峋的喀俄斯岛上”。但《阿波罗颂歌》已被考证是一篇伪作。历史学之父希罗多德认为荷马生活在公元前9世纪，柏拉图、亚里士多德等也认为荷马是真有其人的。18世纪初，法国的神父弗朗索瓦认为《荷马史诗》不是一个人的作品，而是许多游吟歌人的诗歌组合，“荷马”不是专指某人，而是“盲人”的意思。稍后的维柯重复了弗朗索瓦的观点，并发挥说：“为什么希腊各族人民都争着要取得荷马故乡的荣誉呢？理由就在于希腊各族人民自己就是荷马。”

撇开荷马究竟是“个人”还是“集体”不谈，有一点至少是可以肯定的：荷马是最早的行吟诗人和伟大的盲者。在文学还停留在口耳相传的时代，荷马更确切地说应该是“歌人”，那时诗与歌还没有像现在这样区分得一清二楚。当然，现在已经定型的《荷马史诗》肯定经过了不止一人的“连接”和“补缀”工作，这项工作类似于孔子整理《诗经》。但荷马不是孔子，荷马具有民间气质，他（他们）抱琴行走在希腊蓝色的岛屿上，出入在宫廷和民间，有着惊人的记忆力、出色的想象力和铿锵澎湃的激情。他（他们）更接近目前中亚草原民族中的“阿肯”“玛纳斯奇”“江格尔奇”（行吟诗人）。他们使人想起荷马，其行吟方式无疑保留了荷马时代的某些特征。一些行吟诗人能够连续几天演唱英雄史诗或民间达斯坦（叙事长诗）。我想，这多少有点准荷马的风采吧。

古希腊传说中说，荷马“为缪斯所钟爱……她取了他的双目，却给予其美妙的吟唱”。是否可以这样认为：伟大的盲者更适合杰出的吟唱？回顾人类历史，除荷马外，我们还可以列出一串伟大盲者的名单：弥尔顿、博尔赫斯、阿炳……他们都是体验着黑暗并在黑暗中看见大光明的人。早逝的中国诗人海子歌唱过盲者，他的《太阳·七部书》中的盲司仪这样吟唱：“我：走到了人类的尽头 / 也有人类的气味——”而荷马，则走在“人类的开始”，身上不仅有人类的，更有神明的气味。

《伊利亚特》和《奥德赛》合称为荷马史诗，共计27803行。

《伊利亚特》的主题可以归纳为两个字：战争——为女人和美发动的战争。古希腊人为了被劫持的海伦，与特洛亚人打了整整十年，最后以木马计攻陷了特洛伊城。人间英雄和奥林匹斯诸神纷纷参与到马拉松式的战争中来，并成为战争宏大交响乐中最嘹亮的两大音符。荷马的英雄们，鲁莽而激情、高尚而勇敢、智慧而悲烈，不论是阿喀琉斯、阿伽门农、奥德修斯，还是赫克托尔、墨涅拉奥斯，一个个皆性格鲜明，富有崇高的悲剧意味。《伊利亚特》第十卷是这样描写奥德修斯和狄奥墨得斯的——

在茫茫的夜色中继续前进，
像两匹狮子越过杀人场、甲仗
和黑色的血污

战争的唯一结果是死亡。死亡景象“有如两队割禾人相向而进，在一家富人的小麦或大麦地里奋力割禾，一束束禾秆毗连而倒”。死亡掌握在诸神手中，是诸神的“娱乐”——宙斯、阿波罗、波塞冬、赫拉、雅典娜、阿佛罗狄忒纷纷出战，各助一方。人间成为众神的战争练习册。荷马的神不是高高在上的，而是拟人化了的，具有人的形貌、性别和情感，他们像人一样享乐、争斗、偷情、欺骗，他们与凡人的唯一区别是具有超人的力量并控制着凡人的命运。

神们是这样给可怜的人分配命运，
使他们一生悲伤，自己却无忧无虑。
宙斯的地板上放着两只土瓶，瓶里是他赠送的礼物，
一只装祸，一只装福，
若是闪电的宙斯给人混合的命运，
那人的运气就有时候好，有时候坏；
如果他只给人悲惨的命运，那人便遭辱骂，
凶恶的穷困迫使他在神圣的大地上流浪，
既不被天神重视，也不受凡人尊敬。

——《伊利亚特》第二十四卷

古希腊的神强大而亲切，富有人间色彩和人性特征，荷马甚至可以大胆地向他们发出责难。

而海伦，“女人中的女神”“女人中闪光的佼佼者”，无疑是十年特洛伊战争的导火线，“为了她，多少希腊人亡命在远离故乡的特洛伊平野”。为美而战，为美而牺牲，是值得的，这正是古希腊精神的可爱之处和感人之处。

海伦：我从未去过特洛伊；那是一个幻影。

仆人：什么？你的意思是我们仅仅为了一件莫须有的事而斗争了那么久吗？

——欧里庇得斯《海伦》

那么多苦难，那么多生灵
曾经堕入了深渊，全然是为了
一件空空的白袍子，全然是为了一个海伦
——塞菲里斯《海伦》

即使美只是“一件空空的白袍子”，一种幻觉，一个乌托邦，但为美而付出的勇气、斗争、苦难和死亡哺育了古希腊精神最初的嫩芽。是否可以这样去理解：为了海伦才诞生了荷马，为了荷马才创造（虚构）了海伦。这十分符合马拉美的观点：“世界的存在是为了成就一本书。”

如果说《伊利亚特》的主题是战争，《奥德赛》的主题则是还乡——特洛伊战争结束后，英雄奥德修斯历经艰辛回到自己的故乡伊塔卡。对比两部史诗，可以看出《伊利亚特》是荷马青年时代的作品，那时他年轻的胸中沸腾着崇高的希腊式热情，所以喜欢阿喀琉斯这样狂暴的英雄。而荷马写《奥德赛》已值暮年，沸腾的血气已为反思所冷却，因此智慧的英雄奥德修斯理所当然成为故事的主角。从《伊利亚特》到《奥德赛》，古希腊走过了一条成长之路。

奥德修斯的还乡之路曲折、艰辛和充满磨难：波塞冬的风暴、独目巨人、魔女基尔克、哈得斯的冥府、塞壬们迷惑人的歌声、恐怖的卡律布狄斯悬崖等，没有把他征服，山洞女神卡吕普索答应给他神界的长生不死，也未能将他挽留。他归心似箭，即使回到家乡，他还要与那伙对他妻子佩涅洛佩纠缠不休并挥霍他家产的可恶的“求婚人”斗争，并最终制服他们。在被山洞女神卡吕普索“软禁”的日子里，奥德修斯——

> 他坐在海边哭泣，像往日一样，
> 用泪水、叹息和痛苦折磨自己的心灵。
>
> ——《奥德赛》第五卷

这是一尊多么感人的望乡者的塑像！奥德修斯这一受磨难人类的典型在后来的西方文学中具有永恒的魅力，产生了经久不衰的影响。还乡主题在荷尔德林的诗中成为对人类精神家园的回归和对存在的追问。而詹姆斯·乔伊斯的《尤利西斯》直接采用《奥德赛》的隐喻结构，继而深入描写人的内心历险和自我寻找。

《奥德赛》的风格优美而庄严，伟大的历险激发了荷马惊人的想象力，请看第十二卷中对宰牛的描述——

> 牛皮开始爬动，叉上的牛肉吼叫，
> 无论生肉或已被炙熟的，都有如牛在吼叫。

荷马史诗哺育了希腊精神和希腊人的诗性智慧。“古希腊思想最吸引人的地方是，它是以人为中心，而不是以上帝为中心的。”（阿伦·布洛克《西方人文主义传统》）“希腊的外部历史，如同其他民族历史一样，充塞着战争与外交、残虐与欺诈的史实。而他们的内部历史、思想情感与性格特征的历史，才是那么瑰丽、伟大、崇高。”（吉尔伯特·默雷《古希腊文学史》）这些论述在荷马史诗中得到了有力的印证。

在《伊利亚特》第十八卷中，荷马用了近两百行的篇幅描写跛足神赫菲托斯的工作：用锡、铜、白银、黄金为英雄阿喀琉斯制作铠甲。赫菲托斯在铠甲的盾面绘制了天空、大地、日月、星辰、城市、大牧场、耕地、葡萄园、羊群、直角牛……最后他顺着精心制作的盾牌周沿，附上了伟大的奥克阿诺斯的巨大威力。这副闪光的铠甲几乎包含了整个世界：神界和人间。阿喀琉斯说："这是神明的作品，也只能由神明制造，凡人造不了它们。"这一评价同样适用于荷马和荷马史诗。

过去，我善待的
那些人，也就是
今天给我以
最大伤害的人

——萨　福

萨福：第十位缪斯

古往今来，献给古希腊的诗篇可以车载斗量，到今天，不知能装满多少座图书馆！

梭罗曾用优美的文笔抒发对古希腊的热爱和向往："仿佛憧憬那令人陶醉的国土，我对希腊一直心向神往。她那永远风平浪静的海岸，赫利肯山和奥林匹斯山的上空明净得看不到一丝云彩，狂风暴雨从不降临安谧的坦波，爱琴海上永远是一片宁静；只有夏季温和的太阳爱抚着卫城的悬楣廊柱，透过无比柔和的空气，照得千座园林和无数喷泉的水柱闪闪发光；她那四面环海的小岛永远以动人的微笑欢迎身披轻纱的远方乘客，从牧场上不时传来母牛的哞哞声；小山、河谷、树林，那美景如画的世界似欲睡去。呵，希腊的儿女们为他们的母亲创造了何等迷人的天地呵。"（亨利·梭罗《希腊》）

地中海和爱琴海孕育了古希腊的儿女，荷马和萨福（Sappho，约公元前610—公元前580）就是其中杰出的两位，如日月在奥林匹斯山上空交相辉映。在某种程度上，不是希腊养育了他们，而是通过他们，希腊才得以诞生。

如果说荷马是古希腊的太阳，那么萨福则是古希腊的月亮。

倘若将荷马史诗和萨福抒情诗再作一番比较，荷马是通向客观的诗人：向外、叙事、宏伟；萨福是通向主观的诗人：向内、抒情、精致。荷马创造了一个阳性希腊——英雄与神、战争与还乡、大海与天空；萨福则孕育了一个阴性希腊——紫罗兰和玫瑰的花环、明月、泪滴、爱情中的女子……两者合起来就是一个完整的希腊。当荷马用磅礴的交响乐去战胜双目失明的无边黑暗，萨福则用竖琴弹奏出隽永的夜曲。

柏拉图虽然说过“荷马教育了希腊”这样的话，但仍然认为荷马的诗是有害的。在《理想国》一书中他对诗人下了逐客令，只保留了献给英雄和众神颂歌的一席之地，他固执地认为诗歌煽动情欲，引诱人去伤风败俗。可见，人类对情欲的恐惧由来已久。然而实属不易的是，柏拉图却在一首短诗中赞美了萨福，而萨福恰恰是他所说的有情欲倾向的诗人。柏拉图写道——

> 人说缪斯女神有九位——可再数数
> 请看第十位，莱斯勃斯的萨福。

据说萨福曾写过 9 卷共 12000 多行诗作，但保留至今的只有 600 余行的残笺断片。这些诗句基本体现了萨福诗歌的精华，一位性格鲜明、栩栩如生的女诗人的形象已跃然纸上。阅读萨福零碎的诗歌片段，如同拼组一只打碎的希腊陶瓶，经过我们的劳动，一堆闪光的碎片复原了，重新变成了一个瓶、一件完美的艺术品——我们甚至可以触摸到瓶画中的风景、人物、一对恋人的心跳——一种活的现实恍若就在眼前。

萨福的诗，大胆热烈，优美纯正，具有人类早期诗歌的质朴率真。萨福的世界是敏感、细腻、高贵、完美的，这轮希腊的月亮一点也不冰凉，反而是如火焰般燃烧着的——她的内心蕴藏着巨大的热情、充沛的爱。她要通过全心全意地歌唱把它们释放出来。所以拜伦称她为“火热的萨福”。

萨福说：“有人说世间最好的东西是骑兵、步兵和舰。在我看来最好的是心中的爱。”（《致安那托利亚》）她不倦地歌唱爱情，她这样描写被爱情击中后的感觉——

> 刹那间，奇妙之火烧遍我全身，
> 我眼前一片模糊，双耳雷鸣，
> 汗水浸透我全身。
>
> 我的四肢阵阵颤抖。
> 我的面容灰白如同枯草，这样，死神看来离我不远了……
>
> ——《他如同一位天神》

但与其说萨福是描写爱情幸福，还不如说是抒发爱情痛苦。爱情既令人陶醉、销魂，又包含着太多的苦痛、不幸和折磨。诗人只好向阿佛罗狄忒女神求援——

如今也请你快来！从苦恼中
把我解救出来，做我的战友，
帮助我实现我惆怅的心中
怀抱着的心愿。

——《阿佛罗狄忒爱情女神颂诗》

爱情照亮一切，又把一切蒙上一层淡淡的哀伤。她写新娘像一只可爱的红苹果挂在枝头被人遗忘、像一枝山上的风信子被牧人践踏，写一位姑娘因思念一位清瘦的青年而操作不好纺织机，写自己因失恋而难于入眠，都十分形象生动。萨福不是甜腻腻的爱情歌手，她洞察爱情痛苦的本质和真实的哀伤。有人问萨福什么是爱情，她指了指自己脸上的皱纹。

萨福还是描写隽永小景和个人孤独的高手——

在一轮明月的四周
环绕着的群星形影都消逝了，
尤其是明月正向大地
洒下银辉。

——《明月》

月已没，七星已落
已是子夜时分，
时光逝又逝，
我仍独卧。

——《夜》

萨福一生历经坎坷与磨难。她生于6世纪初叶莱斯勃斯岛上一个贵族家庭，因反对僭君两次被放逐，第二次流放到遥远的西西里岛，结婚、生育又寡居，最后回到故乡。萨福创办过一家女子学院，亲自担任院长，组织莱斯勃斯岛上最出色的女孩子，教她们弹琴、舞蹈、修身、恋爱。据说萨福死于爱情，因失恋而跳崖自杀。生为爱情，死为爱情，这符合萨福的性格特征。

对待萨福，历史上有两种截然不同的态度。

古希腊人称萨福为“无与伦比的女诗人”，他们为拥有萨福而骄傲，把她的像绘在瓶画上，铸在钱币上，而一些地位显赫、热爱艺术的贵族则把她的诗文作为自己的殉葬品，要把她的美名带向另一个世界。诗人阿尔凯欧斯是萨福的同乡，共同生活在以美酒佳人著称的莱斯勃斯岛上，正是他俩把古希腊抒情诗推向了技艺娴熟、质地优美的新高度。他俩的形象经常一起出现在装饰用的瓶画上。在慕尼黑古物陈列馆保存的一只公元前5世纪的古希腊陶瓶上，阿尔凯欧斯抱着竖琴，低着头，似乎有些羞涩地站在萨福面前，可见他对萨福是很敬重的。阿尔凯欧斯比萨福略小几岁，他这样称萨福：“您这位头戴紫罗兰花冠、纯洁无邪、老是嫣然微笑的萨福。”

而在另外一些人眼中，萨福不是嫣然微笑的形象。一些喜剧作家把萨福描写成一位淫荡的女人，被情欲折磨得发疯，闹出许多笑话。1073年，教皇格里高利八世下令在罗马和君士坦丁堡两地当众焚毁萨福的诗作，罪名是“伤风败俗”。萨福担任女子学院院长时，与一位名叫阿提斯的女孩关系最亲密。后来女孩远嫁海外，萨福依依不舍，送给她一首《赠别》诗，由于诗中有这样的句子：“紫罗兰和芬芳的玫瑰花环，/你曾在你鬓发上戴过许多，/走来挨着我坐在我的身旁”以及“我俩还躺在一张柔软的床榻，/从那些娇柔的女伴手中得到娇贵人所向往的一切”。一些人据此认为萨福有同性恋倾向。

关于萨福是否是同性恋者的争论，并没有损害她作为诗人的形象和价值。英国著名希腊史学家吉尔伯特·默雷曾反驳道：“如果我们去谈论一位生活在 2500 年以前的妇人的私生活和道德品质，而对当时的社会情况几乎无史可稽，那就毫无意义。”

一个地中海的女儿，一个小岛上的歌手，一个古希腊抒情诗时代的女神，萨福的名字应该与雅典娜、维纳斯、海伦等光彩照人、永垂不朽的名字并列在一起。这位女神美丽、皎洁，如一轮新月穿越时空，她属于人间，属于古典的希腊，也属于今天的世界。有时，我们觉得萨福更像一位现代女子：自由、激情、矛盾、性感、多情……仿佛就在我们眼前，或者与我们交臂而过。我们怅然若失地望着她远去，扪心自问：我们配爱她吗？

你呀，你用污泥浊土把人塑造，

你设伊甸园时也没把蛇忘掉；

你虽用种种罪过把人脸抹黑，

你给人宽容，你从人得到宽饶。

——欧玛尔

欧玛尔·海亚姆：快乐与忧伤的波斯湾古歌

20世纪90年代初，也就是我刚到新疆的时候，在印刷厂工作的一位朋友从乌鲁木齐旧书摊上为我找来一本欧玛尔·海亚姆的《柔巴依集》（黄杲炘译，上海译文出版社，1982年）。那天，他从黑夹克口袋掏出用报纸包裹的这册诗集时，其神色如同诡秘的"地下工作者"，更像一位给人带来意外惊喜的丝路邮差。他说（这句话估计他已憋了一路）："终于找到它了——遥远的波斯湾古歌！"

我的这位朋友孤身一人，嗜书如命，对书籍的鉴赏力也高，被我誉为民间版本专家。藏书过万册这笔私人财富常使他沾沾自喜、四处炫耀，但谁要借他的书却比登天还难，简直是要他的命。有时我去他的单身宿舍翻他的藏书，他会像一个影子在我身边徘徊不已，一边不停地搓手，嘴里还嘟嘟囔囔的——他用紧张、不安、身体的颤抖提醒我："免开尊口。"这一次，他的慷慨出乎意料，着实让我感动。

其实，欧玛尔的《柔巴依集》我是读过的。即大学期间读到的郭沫若的译本《鲁拜集》，他将作者译为莪默·伽亚谟。但当时未留下太深印象。而黄杲炘译的这册薄薄的只有55页的《柔巴依集》，使我如获至宝，爱不释手。我喜欢它整饬的四行体形式，喜欢它一唱三叹回肠荡气的抒情效果。那是抒情的极致，有着万花筒式的绚丽多彩，又如语言的多棱镜，各个侧面都闪烁着令人目眩的光芒。还有它精美的插图，装饰性的、典雅迷人的波斯风格……更重要的，这册诗集来得正是时候，它的气质、语调、抒情方式和精神指向契合我当时困惑与迷惘、好奇与求索的心境。

欧玛尔·海亚姆（Omar Khayyam，1048—1122）生于波斯湾边的内沙浦尔。他的姓氏“海亚姆”意为“帐篷制作者”。他博学多才，写过有价值的数学和哲学论文，精通历史、法学和医学，修订过历法，主持修建了塞尔柱王朝的天文台，还当过宫廷御医。作为诗人的他，名气并不很大。写诗纯粹是业余爱好，大多是为了赠送朋友、饮酒吟诵之用。他的柔巴依只在少数知心朋友间传诵，几近失传和湮没。据此，我们可以断定欧玛尔写过的“柔巴依”肯定比我们现在看到的多得多。

这是一个差点被埋没的诗人。几个世纪之中，欧玛尔默默无闻，几乎被人们遗忘。直到1859年，英国学者兼诗人爱德华·菲茨杰拉德不署名地整理发表了《欧玛尔·哈亚姆之柔巴依集》，共101首，404行。此后，欧玛尔渐渐享有了世界性的声誉。

某种程度上说，是菲茨杰拉德使欧玛尔的灵魂复活了，也是欧玛尔的灵魂经过了长达七个世纪的漫长等待，终于在菲茨杰拉德的灵魂中落了户。“一个屈尊写诗的波斯天文学家和一个浏览东方和西班牙书籍、也许不一定全懂的古怪的英国人，两人偶然的结合产生了和两人并不相像的一个了不起的诗人。”博尔赫斯说：“一切合作都带有神秘性。英国人和波斯人的合作更是如此，因为两人截然不同，如生在同一时代也许会视同陌路，但是死亡、变迁和时间促使一个人了解另一个人，使两人合成一个人。”（《爱德华·菲茨杰拉德之谜》）

菲茨杰拉德将零散的《柔巴依集》改造成“波斯花园里的一种伊壁鸠鲁式的田园诗”，将破碎的波斯玫瑰施以符咒，变成了朵朵盛开的奇葩。美国诗人洛厄尔用一首柔巴依来纪念这一穿越 700 年时间的神奇合作——

波斯湾孕育了这些思想之珠——
一颗颗闪着满月的柔和光辉——
欧玛尔掰蚌剖贝把珠儿采出，
菲茨杰拉德用英语一线串住。

菲茨杰拉德如同欧玛尔的灵魂转世。他在翻译整理《柔巴依集》时说：“欧玛尔未能找到别的世界，只找到了这个世界。于是，他最大限度地利用它：用他眼中所见的事物，经由感官再得到默许，来抚慰心灵；而不是用徒劳的忧虑，追随事物应该怎样，去迷惑心灵。”这是诗人对“此岸”和“现在”的肯定，是词对物的拯救。

欧玛尔是用薄薄一册诗篇赢得永恒的诗人。《柔巴依集》被誉为“波斯诗歌的最高典范”。它的精神倾向曾经激怒过《古兰经》的正统追随者。《哲人传》的作者卡法蒂就认为欧玛尔的诗歌“对伊斯兰法规来说，不啻是伤人的毒蛇和引人误入歧途的链条”。因为伊斯兰教指向“来世”，欧玛尔强调“现在”——一种热忱的享乐主义倾向。

音律的精确、用词的典雅、口吻的热忱、思想的色彩缤纷、哀伤中的甜蜜气息……《柔巴依集》是一曲快乐与忧伤的变奏，一部散发异域芬芳的杰作。欧玛尔的现在主义是健康的，有着阳光的热烈和明媚，肉体的温润、迷醉和痛楚。他喜欢反复使用夜莺、玫瑰、歌声、少女、新月、塔楼、陶罐等意象，形成简洁优雅的风格。在他笔下，那种感伤的快乐主义、日常生活的神性和朴素事物的魅力得以一一呈现，享乐主义的声音是明确的、诱人的，有时是紧迫的——

啊，把剩下的一切尽情地享用——
趁我们还没有沉沦于泥土之中；
尘土复归于尘土，长眠尘土下——
无酒无歌无歌手，而且无穷。

我曾经写过一首《木乃伊》的一行诗：“精通死，胜过我们理解生。”由于“死亡”这一现实的存在，享乐主义者总能找到享乐的依据，厌世主义者也能找到厌世的理由。时光飞逝，人生短暂，伊壁鸠鲁主义是成立的，有时是感人的。但是，享乐主义如果发展成为愚蠢盲目的乐天和简单的动物式的吃喝玩乐，就成了赫拉克利克所批评的“像猪猡在污泥中打滚取乐”。诗人的享乐主义与常人的享乐主义的不同之处在于：诗人在享乐中遇见了忧伤——忧伤是闪耀的灯火和不眠的眼睛，是滴落的美和觉醒的疼——他爱的是享乐中的苦行，是享乐与苦行的合谋。在欧玛尔的诗中，忧伤的声音常常盖过了享乐的声音——

可春天哪，要同玫瑰一起消亡！
芬芳的青春手稿呀，也得合上！
夜莺啊，曾在树枝间娇啼曼唱——
谁知道他来自哪里，去向何方！

享乐带来忧伤，而忧伤带来深刻，带来灵魂的自省、顿悟和智慧。这使《柔巴依集》成为一首“痛楚的时间之歌”，一部“饱含肉欲之美的神圣诗篇”。原则上，我们需要传道书和启示录的庄严，同时又渴求一种轻松的、有血有肉的智慧。我们容易高蹈，或者陷入阴郁的泥潭不可自拔，而忽视了快乐、温暖和爱的重要性。《柔巴依集》是从心灵和体验出发的诗，欧玛尔说“我本身便是天堂和地狱”，他把我们从虚妄拉回到此在——此在的个体生命的自足与神圣。路易斯·安特迈耶在英文版《柔巴依集·跋》中说得好：“人的最隐晦最沉重的难题在这里遇到了最轻松的哲学家。……是欢快和热忱使《柔巴依集》成为我们的良友。它贴近‘心的欲求’——从消极的怀疑进入积极的欢悦。”时至今日，《柔巴依集》被译成世界上几乎所有的文字，译本有500多个，译本之多，仅次于《圣经》。1859年，菲茨杰拉德翻译、整理、出版《柔巴依集》，初版卖不出去，上了廉价书架，每本售价只有1便士，到1929年，在纽约杰罗姆·克恩拍卖会上，这一版中的一册（522号），竞拍卖到8000美元。还有一本牛皮封面珠宝镶嵌的豪华精装本，1912年随“泰坦尼克号”沉入了大西洋海底。在《牛津引语词典》中，《柔巴依集》中半数以上的诗句被作为脍炙人口的名句而入选。2005年我写完《柔巴依：塔楼上的晨光》一书后去了俄罗斯，在圣彼得堡一家书店发现欧玛尔·海亚姆《柔巴依集》的四五个俄文译本，其中最为袖珍可爱的只有火柴盒那么大，于是大喜过望，统统拿下，如获至宝。

据不完全统计，《柔巴依集》在中国已有12个译本，有25人翻译过它。有的从波斯文直译，有的从其他外文转译。1919年，胡适翻译了其中的两首，是最早的译作。郭沫若翻译的《鲁拜集》是第一个全译本。闻一多、徐志摩均尝试过《柔巴依集》的翻译。闻一多说：“精美的文字之音乐中的‘感觉的魔术’，这些文字在孤高的悲观主义的暗影外，隐约地露示一种东方的锦雉与象牙的光彩。……这些文字变成梦幻，梦幻又变成了图画。”对《柔巴依集》的评价十分到位。

欧玛尔·海亚姆不仅仅属于波斯，更属于世界。《柔巴依集》作为“波斯的声音”传播甚广，已成为世界文学中的经典。

从我，是进入悲惨之城的道路，

从我，是进入永恒痛苦的道路，

从我，是进入永劫人群的道路。

——但　丁

但丁·阿利盖里：谁的地狱

一直以来，有一种不算很糟的观点，就是把但丁·阿利盖里（Dante Alighieri，1265—1321）的地狱仅看作是一种虚构、一种象征，或者说是中世纪梦幻文学的最高产物——一枚想象力的硕果。但是，稍微认真一点的人就可以在《地狱篇》第三歌中发现：但丁的地狱没有守卫者，地狱的门是敞开着的。在但丁眼中，地狱是永远存在的，而感动上帝去造地狱的是“正义”。《地狱篇》中还有这么一段话：“在我之前，没有创造的东西，只有永恒的事物，而我永存。”但丁是在告诉我们：人类是短暂的，地狱是永恒的；与其说地狱是一种虚构，还不如说是一种真实；亚当罪恶的子孙们无人可以幸免这一劫。

“就在我们人生旅程的中途，/ 我在一座昏暗的森林之中醒悟过来，/ 因为我在里面迷失了正确的道路。”在昏暗森林的陡坡上，但丁遇见了三只野兽：豹、狮子和母狼（有些注释家说分别代表了淫欲、骄傲和贪婪），正准备撤退的时候，维吉尔出现了，他告诉但丁“你必须走另一条道路”——地狱之路。在这里，地狱之路成了唯一可行也可能是唯一“正确”的道路，但丁之所以选择维吉尔担任地狱的引领者和护送者而让俾特丽采担任天堂里的，显然是有一番苦心的。但丁敬称维吉尔是“大师”“圣哲”，是在灵魂深处早已体验过地狱的大诗人，能够担当地狱引领者的重任；而俾特丽采，是圣女，是仙灵，是爱的化身（“爱推动了我，爱使我说话”），更适合在天堂陪伴但丁。维吉尔和俾特丽采的接力是诗与美的接力、智慧与爱的接力。

但丁的地狱具有某种建筑学特征：漏斗型，螺旋式下降，下端直达地心。倒金字塔结构，越往下罪恶越多，痛苦越深。地狱共九圈，其中第七圈还包含了三个环，第八圈包含了十个断层。地狱中的居民有：善良的异教徒、饕餮者、吝啬者和浪费者、施暴于邻人者、树林里的自杀者、蔑视上帝者、佛罗伦萨的三个伟大市民、淫媒和诱奸者、阿谀者、买卖圣职的教皇们、占卜者、贪官污吏、穿铅袈裟的伪善者、盗贼、恶谋士、散播不睦者、伪造金银者、撒旦与犹大……从圣哲到恶魔，地狱几乎容纳了人类可能具有的形形色色的类型。艾略特曾从现代语言学角度谈到但丁的“普遍性”，并说，“但丁的普遍性并不单是他个人的事”，这种“普遍性”同样适用于作为客观存在物的地狱——地狱就是命运，它指向整个人类，每个人都在劫难逃。我们尽可以对但丁弘扬的基督教的“原罪”意识表示不赞同，但我们不能回避指向每个人的“地狱”。

但丁不是地狱的旁观者和观光客——那个在地狱中留下脚

印的徐徐前行的人。他是地狱的居民，并早已在那里为自己安排了席位。在第四歌林莽狱中，四个伟大的幽灵走来了，他们是荷马、贺拉斯、奥维德、卢甘，第五个是为救助但丁暂时离开林莽狱的维吉尔，但丁谦虚地把自己排在“大智中间的第六个”，这些大智者还包括后来出现的亚里士多德、苏格拉底、柏拉图等。但丁十分清楚，连这些大智者都难逃地狱，更何况作为“学生”的自己。

地狱集痛苦之大成：冰雹、火焰、污泥浊水、风吹雨打、烫沙煎熬、沥青沸煮、深陷冰湖、铅袍加身、相互撕咬、被悲哀之国的皇帝咀嚼……地狱的痛苦无穷无尽——

> 我不论向哪里行动，向哪里转身，
> 向哪里注视，我总看到
> 新的刑罚，新的受刑罚的幽魂。
>
> ——《神曲·地狱篇》第六歌

但丁怀着大悲怜行走在这些痛苦者之中，“两个恋人的痛苦使我悲哀得昏过去了”“我的心似乎刺痛了”“你的惨痛重重压在我心头，使我要流泪”。但丁有一颗悲天悯人的心，在中世纪的黑暗和蒙昧中，他的人本主义是觉醒着的。维吉尔则在一旁鼓励：“用美好的希望来安慰和振奋你那疲倦的精神。”“我们应该赢得这场战斗。”

在《地狱篇》第十四歌中，但丁创造了一门“地狱历史学”：一个伟大的老人（象征人类历史），他的头是纯金铸造的，他的臂膀和胸部是白银铸造的，然后直到叉开的地方都是黄铜做的，从此往下都是钢铁做的，只有右脚是陶土做的，而他的体重却大半放在这只脚上。但丁写道："除了金的部分，每一部分 / 都有一个从中落下眼泪的裂罅， / 汇集的眼泪就从那个洞穴穿出。"——从眼泪中流出了地狱，而人类苦难的全部重量都压在这个脆弱不堪的"陶土时代"。所以，地狱即人间，或者说是人间的一个侧面，说《神曲》（特别是《地狱篇》）是现实主义的也并不为过。

恩格斯称但丁"是中世纪的最后一位诗人，同时又是新时代的最初一位诗人"，而我认为但丁是人类第一个"地狱诗人"，一个痛苦的体验者和见证人，以痛苦为自己诗篇的主题。从艺术成就上来看，《地狱篇》也远远超过了《炼狱篇》和《天堂篇》。但丁以降，真正的"天堂诗人"并不多见，因为人类和它置身的世界还没有完美到可以诞生一个天堂的程度，而"地狱诗人"却是层出不穷，他们对人类苦难的洞察和描述师承于但丁，如克尔凯郭尔、斯特林堡、爱伦·坡、卡夫卡、萨特、布尔加科夫、索尔仁尼琴、米沃什、布罗茨基……而且这个名单还会延续下去——人类历史有多长，这个名单就有多长。

但丁的地狱是巨大的，大到足以压在我们每个人头顶；但丁的地狱又是很小的，小到可以携带在我们每个人身上。但丁的地狱难道仅仅是属于但丁的吗？它又是谁的地狱？晚年丧失了视力的弥尔顿在《失乐园》中也面对过地狱，不过他说的是一句俏皮的格言——

在地狱当头头胜过在天堂听差遣。

但丁《地狱篇》序曲中写到过一头“豹”，它轻巧而又十分矫捷，身上披着斑斓的皮毛。这只豹后来在博尔赫斯一篇题名《地狱》的随笔中出现过，只是更多了一些梦幻成分。在经过了20年的流亡生涯后，但丁最后客死他乡（意大利中部一个叫腊万纳的城市），博尔赫斯坚持认为，上帝在但丁临死前向他昭示了他生活和作品的神秘意义，使他明白了自身的价值并为自己生活中的苦涩而祝福。博尔赫斯是这样写豹子的——

从曙光一直挨到暮色降临，一头13世纪的豹，会看见一些木板、一些竖直的铁条、川流不息的男女、一堵墙及或许落满枯叶的石槽……上帝在梦中对它说：“你要一直待到在这笼子里死去，以便一个我熟知的人能多次看到你，忘不掉你，并把你的形象和象征放入一首诗中，这首诗在宇宙体系中有它精确的位置。你遭受束缚，但你将给这首诗提供一个词。”在梦中，上帝照亮了这头动物的兽性，这头动物也明白了这些道理，接受了它的命运。

——《地狱》

布罗茨基是离我们最近的一位“地狱诗人”，与但丁一样经历了长时间的流亡，这使他与但丁有太多的休戚相通之处。他就在诗中呼唤过“新但丁”——

现在是星期四，我相信虚无。

它像地狱，但我听说更加肮脏。

新生的但丁，有满腔的话说，

俯在空白的纸上，写下一个词

——《波波的葬礼》

爱以饱满不移的光照临世界，

但它正午若过，下一分钟就是夜。

——邓　恩

约翰·邓恩：一半是情人，一半是上帝

约翰·邓恩（John Donne，1572—1631）将他的激情一半献给了情人，一半献给了上帝。很难想象一个花花公子、宫廷秘书、逃婚者的邓恩，和一个教长、布道者、虔诚基督徒的邓恩，是同一个人。但事实上，两者的结合才诞生了一个完整的诗人：尘世之爱和神圣之爱交织着矛盾，在他内心激起的感情如此复杂、强烈、经久不散，以至我们觉得邓恩更像一个现代诗人，声音清晰，形象生动，仿佛就站在我们跟前。

在17世纪英国诗坛，邓恩和他的追随者乔治·赫伯特、亨利·沃思、理查德·克拉肖、安德鲁·马伏尔等被誉为“玄学派诗人”。但在很长一个时期内，人们总是用异样的目光去看待“玄学派”，认为这批诗人巧智、古奥、晦涩、故弄玄虚，有人还指责他们“用暴力把毫无关系的思想连结在一起”。

直到20世纪上半叶，人们才重新认识到“玄学派”的价值和意义，邓恩作为大诗人的地位也同时得到确立。1921 年，英国著名学者格里尔森教授编选出版了诗集《17 世纪的玄学派抒情诗歌》，艾略特读后在《时报文学增刊》上发表了一篇书评——《玄学派诗人》。这篇书评重新评价了以邓恩为首的玄学派诗人，艾略特将“玄学派”与“现代派”联系起来，对英美现代主义诗歌发展产生了重要影响。史蒂文斯、罗厄尔、布罗茨基等诗人都十分推崇邓恩。海明威的长篇小说《丧钟为谁而鸣》书名来自邓恩的一首布道词，扉页上引用的一段话如今已脍炙人口，它来自邓恩 1624 年出版的《突变引起的诚念》一书：“没有谁是个独立的岛屿；每个人都是大陆的一片土，整体的一部分。大海如把一个十块冲走，就像海岬缺了一块……每个人的死等于减去了我的一部分，因为我是包括在人类之中的，因此不必打听丧钟为谁而鸣；它是为你而鸣的。”

早期的邓恩是位时髦青年，生活放荡，频频出入妓院，担任宫廷大臣的秘书（因拐走大臣的侄女而坐过牢），参加赴西班牙的远征队，同时写一手露骨的情诗。1615 年，邓恩皈依国教，当了牧师，后来担任伦敦圣保罗大教堂的教长。上帝最终代替了情人。教长的主要工作是布道，向教民谈论人和上帝的关系、生与死的意义以及灵魂的信仰与拯救。邓恩的讲演才能十分出色，每次布道总会吸引许多人，从最底层的老百姓到最有学问、最有教养的人都前来聆听他的启发和教诲。据他的继任者弥尔曼教长回忆，邓恩每次布道用两小时左右的时间，将一个沙漏放在讲桌上计时，凭一纸提纲滔滔不绝地讲下去。人们坐在那儿，甚至站在那儿，全神贯注，一动不动，有时发出赞叹声，有时流下抑制不住的泪水。邓恩生前只发表过5篇布道文，但被人记录并流传下来的布道文有160篇，厚达3000多页。

《世界就是海》是邓恩最著名的布道文之一，他把世界比作海，而福音书就是渔网，要用这个网去捕捞和拯救海中的人类。邓恩把“海”的比喻发挥到了淋漓尽致的程度，在寓意上层层推进，不断深入。他说：“在许多方面世界像海，世界就是海，因为世界上有风景。……世界是海，因为它没有底，深不可测，无穷无尽，发现不完。……世界是海，因为海里有足够的水给全世界的人喝，但是这种水不能解渴……我们虽然在处处是水的大海上航行，但是我们缺水；所以说，世界是海。”邓恩还说，正因为世界是海，所以我们在这个世界上有两件大事要做：第一，我们必须了解这个世界不是我们的家；第二，当我们活在世上的时候，要给我们自己准备另外一个家。

将一个比喻充分使用，从各个侧面入手，仿佛要榨干它的血肉，这正是邓恩诗中典型的“玄学派”技巧：将比喻发挥到智性能达到的最深远的境界。他用同样的技巧去处理大地、星辰、风景、泪水、手镯等意象。通过比喻的手段，思想进入了感情，体现为感性，大量似乎没有关联的素材置于一个新的统一体中。这样做，使思想修饰了感性，并与感情融为一体，思想不再是抽象、枯燥的“玄学”，而变得具体可感；同时，做到邓恩自己所说的：“一个将他自己与宇宙融为一体的人，/以他主要的力量，使所有的事物吻合。”这实在是达到了一种超凡的认知和驾驭能力。

比喻在邓恩诗中奔跑，自由联想之迅疾犹如闪电——

在一只圆球上
一个工人有着摹本，能够创造
欧洲、非洲，还有亚洲，
很快就做成了，一切原是虚无。
因此你眼中的每一滴泪水，
一个地球，一个世界，靠着这个印象成长，
最后你的泪水和我的泪水混在一起；淹没了
这个世界。在你的泪水中，我的王国消融了。

从地球仪（圆球）到泪水，从泪水到洪水，从洪水到王国的消融，联想十分自由，比喻迅速转换，使诗体饱满，语言缜密，诗意喷涌。

邓恩说自己“少狎诗歌，老娶神学”，他既是一个肉欲主义者，又是一位伟大的神学学者。他的思想总在为感情效忠，而感情又融入了思想。他的感情强烈、炽热，混合着矛盾、痛苦和挣扎，有时接近了夸张和神经激动的程度。

他用赞美诗的调子歌唱爱情的美好、千变万化，陶醉于爱的狂涛，又从哲理的高度沉思其意义。在《炽爱》一诗中，他写到了当心爱的女子死去，世界是如何陷入黑暗和崩溃的：“当你从这个世界撒手而去，／整个世界都化作轻烟飘散，随着你的呼吸。”《别离辞：节哀》将圆规的两脚比作一对情人，当一方是固定的规脚，另一方则围绕着它旋转，划出无始无终的圆，进入了爱的无限：“你的坚定不移使我的圆分毫不爽，／使我最终回到我开始的地方。”邓恩很爱自己的妻子安妮·莫尔，她给他生了12个子女，他献给她的《周年纪念》一诗写得真挚感人——

让我们高傲地相爱和生活，
生活和相爱，
年复一年，直到六十年，
我们再开始我们的第二个朝代。

他的爱赴汤蹈火、一意孤行。他将情人神圣化，又将上帝人格化；像献身上帝一样献身爱情，又像膜拜女性一样膜拜上帝。——对上帝的膜拜和献身表现为甘愿接受像爱情那样的身心折磨，乃至奴役和暴力——

撞击我的心吧，三位一体的上帝；
迄今你只轻敲、吐气、照耀、设法修补；
为了让我能站起来，推翻我吧，鼓足
你的气力打碎我、吹我、烧我，把我变成新的。
……除非你奴役我，我是永远不会自由的，
永远不会贞洁，除非你对我施用暴力。
——《神圣十四行》

邓恩告诉我们：一个痛苦的灵魂必须变得彻底谦卑，才能战胜邪恶和罪孽，成为新的灵魂，才能像巢中的鸟儿，向天空的上帝诉说内心的快乐和未来的自由。

在尘世之爱和神圣之爱之间，邓恩主动选择有压力而非轻松的道路，他谈到过“光荣的重担”的命题：“我们一生是个连续不断的负担，但是我们不准呻吟；连续不断的压榨，但是我们不准踹脚；在我们稚弱的幼年，我们受苦，但是一哭，鞭子就抽过来，如果我们抱怨，别人就责骂我们；我们如果说世道坏，我们就被看作是犯法。而重担上再压重担，使上述情况变得尤其可悲的是这一点：人们永远是好人的背上压的分量最多。”压力和重担来自内心，也来自社会。英国文艺复兴之后，旧的价值体系已被摧毁，而新的信仰的建立又面临着机器恶魔和资本丑恶，这一点邓恩也是敏感地发现了：“火的元素已被完全扑灭；/ 太阳和地球都消失了，没有 / 一个人的智慧能指导他到哪里去找寻 / ……一切分崩离析，毫无连贯可言—— / 所有正常的支撑，所有的关系；/ 君、臣、父、子，都是忘却了的事。”(《一周年》)

在对世界悲苦的体验、对文明包含的巨大多变性和复杂性的洞察方面，与其说邓恩是“玄学”的，还不如说是“现代”的，——他以其先知先觉提前进入了现代主义。艾略特在《玄学派诗人》一文中说，当代“诗人必然变得越来越包罗万象，越来越充满暗示，越来越转弯抹角，目的是为了要逼迫、分解语言来表达他的意义。……事实上，我们得到了一种奇特的与玄学派诗的方式相似的方式，而在使用晦涩的词和简单的手法上也是不谋而合的”。从这个意义上来说，邓恩是20世纪现代派诗人的启蒙导师。

一代又一代的诗人看到了邓恩痛苦的灵魂在天空飞翔。这个灵魂被遗弃在天上，被感情的枷锁缚住，继续遭受思想重量的残酷折磨。这个灵魂仍有疑问。写下著名挽歌《悼约翰・邓恩》的约瑟夫・布罗茨基也有疑问：“尘世的爱对诗人仅仅是负担，／神圣的爱也只是修道院院长的袍服而已。／水无论驱动哪一种轮子／在这世上辗磨的永远是同一种面粉：／我们可以分享我们的生命，但我们和谁分担死亡？”这样的疑问使我们接近邓恩沉思的灵魂。

一切消逝的
不过是象征；
那不美满的
在这里完成；
不可言喻的
在这里实行；
永恒的女性
引我们上升。

——歌　德

约·沃·歌德：执笔的王

我几乎每隔一两年都要重读一遍《歌德谈话录》。这本书记录的是晚年的约翰·沃尔夫冈·冯·歌德（Johann Wolfgang von Goethe，1749—1832）（74 岁至 83 岁）的言论和活动，他的思想已炉火纯青，随便翻到哪一页都字字珠玑、隽妙生辉，如耀眼的光焰洞明我们的心灵。我情不自禁要摘录几则——

> 每一种情况，乃至每一顷刻，都有无限的价值，都是整个永恒世界的代表。（1823 年 9 月 18 日）
>
> 假如我没有在石头上费过那么多的功夫，把时间用得节省些，我就很可能把最珍贵的金刚钻拿到手了。（1825 年 4 月 20 日）
>
> 莎士比亚给我们的是银盘装着金橘。我们通过学习，拿到了他的银盘，但是我们只能拿土豆装进盘里。（1825 年 12 月 25 日）
>
> 我们赞同的东西使我们处之泰然，我们反对的东西才使我们的思想获得丰产。（1827 年 3 月 28 日）

歌德还在1827年1月31日的谈话中表达了对中国的神往和理解——

> 中国人在思想、行为和情感方面几乎和我们一样，使我们很快感到他们是我们的同类，只是在他们那里一切都比我们这里更明朗、更纯洁、更合乎道德。在他们那里，一切都是可以理解的，平易近人的，没有强烈的情欲和飞腾动荡的诗兴……他们还有一个特点，人和大自然是生活在一起的。

我是多么羡慕爱克曼——整整九年，他是一个多么幸福的秘书啊！爱克曼是这样描写初次见到歌德时的幸福之情的："我和他一起坐在那张长沙发上。他的神情和仪表使我惊喜得说不出话来。"74岁的歌德看上去"和蔼、坚强和年轻"。难怪拿破仑在爱尔福特会见他后说："这才是男子汉！"

拿破仑和歌德都是伟大的征服者，只不过一个是持剑的王，一个是执笔的王，征服的方式是不同的。

诗人通常可分为明显的两类：一类是天才的"王子"，一类是伟大的"帝王"。前一类我们可以举出拜伦、济慈、兰波、狄兰·托马斯、李贺、朱湘、海子等一长串名字，他们通常是短命的、耀眼的、争分夺秒燃烧的，有时又是偏执的和怪僻的；而后一类帝王般的人物却并不多见，歌德之前我们可以举出但丁和莎士比亚，歌德之后更是旷世难遇。这类人物必须具备以下特点：思想的宏伟、感情的丰满、人格的伟大、作品的杰出、涉猎的广泛，还有重要的一点——长寿。这些，歌德都具备。

美国学者乔治·桑塔亚那曾称但丁是“拯救的诗人”，歌德是“生活的诗人”，是有些道理的。如果硬要作比较，我倒认为但丁是一个“痛苦的帝王”，几乎要坐穿整个地狱；而歌德是一个“幸福的帝王”，丰富了整个人间。这个幸福的帝王在生活上是优裕的，从未体验过贫困（他长期担任魏玛公爵的枢密大臣，是一个贵族）；在爱情上是丰富的、充沛的（无数美丽可爱的女子曾与他相爱）；在兴趣上又是广泛的，除了文学，他研究过植物学、昆虫学、解剖学、地矿学、建筑学、光学和颜色学，并著有《颜色学》《植物变形学》等著作。——他以一生不倦的探索似乎要穷尽人类物质和精神最高的领域。这一切并没有使歌德远离我们，成为高高在上的、冷漠的天神。相反的，歌德是属于人间的，他思想中的包容、健康、平和、仁慈和爱使我们感到智者的透彻、长者的宽厚和朋友般的亲切，并使我们欣然而感激地接近。

《少年维特之烦恼》是歌德 25 岁时的作品。这部书信体小说是根据他自己狂热而痛苦的爱情经历写成的，被誉为德国狂飙突进运动最大的成果。小说的影响是巨大的，青年人竞相模仿维特的衣着打扮、言谈举止。据统计，先后有十多名欧洲男子效仿维特而自杀（1830 年 3 月 17 日歌德与爱克曼谈到这件事时却尖锐而有点刻薄地说：“这部作品至多也不过使这个世界甩脱了十来个毫无用处的蠢人，他们没有更好的事可做，只好自己吹熄生命的残焰。”）；拿破仑远征埃及时，行囊里就装着《少年维特之烦恼》，是和《圣经》《古兰经》放在一起的；而英国一位叫勃里斯托的新教主教则当着歌德的面骂它是“一部极不道德的、该受天谴的书”，意大利天主教僧侣用收买全部意大利文译本来防止其流行……这些只是社会层面上的效应。在歌德内心，特别是在他晚年，他对这本书的评价并不很高。事实上，如果歌德停留在《少年维特之烦恼》或者像维特一样自杀了（青年歌德曾动过这样的念头），他只能算是一个“天才的王子”，而成不了“伟大的帝王”。

但歌德迅速摆脱了第一类升向第二类。《浮士德》是一个明证。即使歌德只写了《浮士德》，照样不朽。

《浮士德》前后写了 60 多年，直到他临死的前一年才完成，几乎贯穿了他的一生。浮士德无疑是歌德精神和思想的化身：他生来就是为了探寻世界和人生的意义，躲在书斋里研究哲学、医学、神学和魔术，却没有找到答案和真谛，只有“起来！逃往广阔的国土”，与魔鬼梅菲斯特签约打赌，历经爱的幻灭（格蕾辛和海伦）和人生的沧桑，最后献身为人类、为社会的事业而获得拯救。歌德写道：“谁肯不倦地奋斗，／我们就使他得救。／上界的爱也向他照临，／翩翩飞舞的仙童结队对他热烈欢迎。”

浮士德这一巨人般的形象准确地体现了歌德的“行动哲学”——对无限的热爱和追求——浮士德就是一位行动的帝王。第三场浮士德坐在书斋里翻译《新约》，先写下了“太初有言”，又改成“太初有思”“太初有力”，最后定为“太初有为”，“为”就是“行动”。歌德说：“灵魂不朽的信念是由行动这个概念中生出来的。因为我如果孜孜不倦地工作直到老死，在今生这种存在不再支持我的精神时，大自然就有义务给我另一种形式的存在。”行动使浮士德获得活力，使他日益高尚化、纯洁化，进而获得新生——成为更好的另一个，临死时他就获得了上帝永恒之爱的拯救。——歌德也获得了拯救。

与歌德的“行动”相呼应的是他的“活力”。这种活力在他的爱情生活中表现得最突出。歌德一生爱过的女子不计其数，有据可查的就有凯卿·辛克普、弗里德里克·布里昂、夏洛特·巴夫、莉莉·舍恩曼、施太因夫人、米娜·赫茨利普、玛丽安娜·冯·威利美尔等。75 岁的歌德还爱上了 19 岁的姑娘乌利克，这份爱情成为他写作抒情诗集《西东诗篇》的动力。即使到了耄耋之年，他的感觉仍然是灵敏的、青春的，他的心从来没有失去爱的能力。写到这里，我忽然想起印第安人斯科特·莫马戴写的一本有趣的书《通向阴雨山的道路》，里面一位老太太唱道：“我们把土带来了。/现在是玩耍的时候了，/尽管我这么大年纪，我仍旧具有玩耍的心情。”这种天真的玩耍心情正是老年活力的标志——肉体衰老了，心还年轻。在这点上，歌德倒是可以和这位印第安老太太沟通一番的。

1831 年 8 月 26 日，歌德与朋友去图林根森林旅行，在吉息尔汉山山顶的猎人小屋里找到了自己 1780 年 9 月 6 日写在墙上的一首小诗（这首题名《漫游者夜歌》的诗曾被舒伯特、李斯特等谱成 200 多种曲子）——

群峰
笼罩着恬静，
树梢
看不到一丝风影，

树间小鸟寂静无声，
稍待一会，
你也将安息。

歌德读着，不禁潸然泪下。次年的 3 月 22 日，他真的安息了。临终前说的最后一句话是："把窗户打开，让阳光进来。"

爱克曼前来为他送行，后来他深情地回忆道——

在歌德去世后的第二天早上，我渴望再去瞻仰一次他的遗体。他直身仰卧，像睡着了一样；在他那庄严崇高的面容上笼罩着一片深深的宁静和坚定，在宽大的前额里还好像有思想……弗里德里希（歌德挚友）把床单揭开，我惊讶地看到了他那极为漂亮的肢体。胸部是强壮、宽阔而厚实的；手臂和大腿丰满柔软而不见筋肉；两脚纤小形状极为优美；他整个身体任何部分都没有一丝一毫过肥或过瘦的憔悴之处。在我面前，一位完美的人物十分优美地躺在那里，我因此而感到的兴奋心情使我在一瞬间忘记，不朽的精神已经离开了这样一个躯体。我把手放到他心脏的地方——那里是一片深深的寂静——然后就离开了，以便使我强忍住的眼泪尽情地流出来。

——汉斯 · 尤尔根 · 格尔茨《歌德传》

歌德一生追求完美，连死亡在他那里都是完美的，在后来者心中他的形象更加完美。

欢乐就是坚强的发条，

使永恒的自然循环不息。

在世界的大钟里面，

欢乐是推动齿轮的动力。

——席　勒

弗里德里希 · 席勒：狂飙骁将

我是通过歌德来理解并喜欢上约翰·克里斯朵夫·弗里德里希·冯·席勒（Johann Christoph Friedrich von Schiller，1759—1805）的。

歌德比席勒年长10岁，他活了83岁，而席勒46岁就去世了。

他们的友谊始于1794年，直到1805年席勒去世。其间他们进行了大量旨在繁荣民族文化的诗歌和艺术方面的合作。歌德积极参与席勒主编的《时神》《诗神年鉴》杂志，俩人经常见面，一起讨论戏剧写作，合作出版《讽刺短诗集》，进行叙事诗写作竞赛。这段时间，也是他们创作的高峰期，歌德写出了《浮士德》第一部和《赫尔曼与窦绿苔》，席勒写出了《华伦斯坦》《奥尔良的姑娘》《威廉·退尔》等。晚年的歌德还亲自编了一本《席勒与歌德通信集》，作为对席勒的纪念。这两员狂飙突进运动的骁将，是“诚挚与友爱结合”（歌德）的黄金搭档。

席勒去世后，歌德还活了很长时间。我们可

以想象他在魏玛剧院一边欣赏席勒的名剧，一边因想念老友而黯然神伤的情景。

他们把友谊从人间带到了坟墓。1832 年歌德去世，既没有与父母葬在一起，也没有与情人永恒相伴。——歌德的棺木是葬在席勒棺木旁边的。

我们同样可以想象：当人间的白昼结束，冥界的清晨开始了，歌德的灵魂说，早安，席勒！席勒的灵魂则说，你好，歌德！于是两个伟大的灵魂坐在一起，兴致盎然地讨论诗歌、戏剧，有时还相互争论，然而更多的是心心相印，直到他们黑暗的地下世界渐渐明亮起来，像人间的正午一样阳光灿烂。

歌德回忆道："他（席勒）的四肢构造、在街上走路的步伐乃至每一个举动都显得很高傲，只有一双眼睛是柔和的……每个星期他都更完善了；每次我再见到他，都觉得他的学识和判断力已前进了一步。"

如果你见过歌德和席勒的照片，就可以发现：这是两位美男子，都具有日耳曼人优雅的气质和高傲庄严的形象特征。只是歌德要男性化些，席勒则比较秀气。

在骨子里，他们的性格却又是如此的不同。一个像大海，一个像火焰。歌德的温和、开阔和博大，使他采取包容一切的态度，而较少与现实冲突，成为一个人间的帝王。在生活中他是一个幸福美满的贵族，地位显赫，无衣食之忧。因此有人指责歌德保守，是个老滑头。而席勒，则截然相反，他更像一个有点莽撞和孩子气的战士，桀骜不驯，砸碎枷锁，冲破樊篱，追求理想、自由和光明。他最著名的剧作《海盗》《阴谋与爱情》《奥尔良的姑娘》《威廉·退尔》等都可称作为自由与光明的颂歌。他感情充沛，一泻千里，缺少节制，这使他更适合于写长一些的诗歌，而较少精美短制。正因如此，他那首节奏铿锵、激情澎湃的《欢乐颂》启发贝多芬创作了《第九英雄交响曲》——

欢乐啊，群神的美丽的火花，
来自极乐世界的姑娘，
天仙啊，我们意气风发，
走出你的神圣的殿堂。
无情的时尚隔开了大家，
靠你的魔力重新聚齐；
在你温柔的羽翼下，
人人都彼此结为兄弟。

我们注意到，席勒曾在一所军事学校度过了沉闷的几年，他对铁的纪律是痛恨的，对人性的压抑是不满的，对自由和理想的追求是执着的、炽热的。生活中的他一天也没有摆脱贫困这个恶魔。他拒绝魏玛公爵的赏赐，每天工作 14 个小时，不停地饮酒来提神，这损害了他的健康，致使他英年早逝。

有一天，歌德去访问席勒，适逢席勒外出。他就在席勒的书桌旁边坐下来写点杂记。坐了不久，他感到身体不适，几乎发晕，最后发现身旁一个抽屉里发出一种古怪的气味。打开一看，发现里面装的全是些烂苹果，不免大吃一惊。这时席勒夫人进来了，告诉歌德那只抽屉里经常装着烂苹果，因为席勒觉得烂苹果的气味对他有益，离开它，席勒就简直不能生活，也不能写作.

我曾经试过，烂苹果的气味并不难闻，发酵后倒有一种果香和酒精混合的独特气味，使人有点微醺。可能席勒觉得这种微醺状态更有利于激发他的创作灵感，接近心中的自由之神。类似的写作怪僻不仅仅发生在席勒一人身上。福楼拜必须在绿罩的灯下才能写作，列夫·托尔斯泰只在早晨写作，海明威总是站着写作，费定必须在大海的呼啸声中才能写作，而安徒生总在森林中构思他的童话。

写到席勒，不能不提及他的《论朴素的诗和感伤的诗》，这篇六七万字的文章被誉为“德国文艺论文的高峰”。它阐述了席勒的诗学观点，显示了他的思辨才能。席勒认为，素朴的诗满足于素朴的自然和感觉，满足于模仿现实世界，为生活的景象所激动，把我们带回到生活中去；感伤的诗是隐逸和恬静之子，沉思客观事物，并在沉思的基础上奠定诗歌的力量。席勒称歌德是“朴素的诗人”，自己是“感伤的诗人”。——“素朴的诗人和感伤的诗人都充分表现人性。”素朴的诗人的危险是感受的平板、庸俗，感伤的诗人的危险是感受和表现的夸张。正基于此，席勒提出朴素的诗和感伤的诗的结合，使一方防止另一方走向极端，以实现理想的优美人性和伟大目标的诗歌。

《英雄和英雄崇拜》的作者苏格兰思想家托马斯·卡莱尔称神灵、英雄、先知、诗人和教士是古代英雄主义形式，他把席勒归入现代“文人英雄”的类型。这类英雄靠印刷的书籍来表达心中的激情，死后从他的坟墓里统治着各个民族和他生前给他面包或不给他面包的历代人。他这样评价席勒——

> 席勒具有第一流的心灵，他生而崇高，以后又受到了终生刻苦学习的磨炼。席勒给我们留下深刻印象的东西，不是他占优势的某一方面的特殊才能，而是他整个人的才智。……他辉煌壮丽的才智，一半是诗性的，另一半则属于哲学想象。
>
> ——《席勒的一生》

德国人曾为歌德和席勒谁最伟大争论不休。歌德听后说：“其实有这么两个家伙让他们可以争论，他们倒应该感到庆幸。”

每一个黑夜每一个清晨
都有人为着痛苦而出生；
每一个清晨每一个黑夜
都有人生而为怡悦。
有人生而为着怡悦，
有人为着不尽长夜。

——布莱克

威廉·布莱克：天真与经验

中国诗界20世纪90年代有关“青春写作”和“中年写作”的争论在固执己见者手中曾大有非此即彼、你死我活之感。如果你遇到两位诗人正为这一问题争得面红耳赤、不可开交，你不妨将威廉·布莱克（William Blake，1757—1827）最有影响的两本诗集《天真与经验之歌》和《天堂与地狱的婚姻》往他们面前一放，说：“喏，这里就有答案。”“青春写作”有点像布莱克的“天真”，“中年写作”则更接近“经验”。但布莱克的“天真”和“经验”不是一对仇敌，“天堂”与“地狱”也同室而居：既是天真的又可以是经验的，既是天堂的又可以是地狱，那么为什么不可以既是青春的又是中年的呢？一种否定了非此即彼逻辑的“综合写作”是更值得期待的。（基于此，我在20世纪90年代末提出过“混血写作”“综合抒情”的诗学概念，作为对这一争议的回应。）从辩证的角度来看，没有天真的经验是枯燥乏味的，没有经验的天真是肤浅幼稚的；没有天堂的地狱是黑暗绝望的，没有地狱的天堂是虚空无聊的。200年前的布莱克为我们送来一份不无启示意义的清醒剂。

布莱克热爱矛盾对立的事物，他在《天堂与地狱的婚姻》中说："没有对立便没有进步。吸引与排斥、理性与激情、爱与恨，对人类生存都是必需的。"世界就是一个矛盾对立的统一体，并在矛盾对立中呈现活力和奇迹。《天真与经验之歌》的副题就是"表现人类灵魂的两个对立状态"。天真是纯洁的、真诚的、灵性的、幻觉的，经验则是反省的、思索的、切入尘世的和探索善恶的，这是人性的两种状态，在同一个诗人身上不断演进和反复呈现。《天真与经验之歌》在布莱克亲手雕刻配图出版之前是《天真之歌》和《经验之歌》两本诗集，创作的时间跨度也有四五年之久。如今把两本诗集对照起来读或许是最好的、最有收获的阅读方式。矛盾对立的意象纷至沓来：春天/冬天，欢笑/哭泣，幸运的花朵/病玫瑰，青草地/荒原，花园/沙漠，牧童/流浪儿，摇篮/坟墓……尤其是《天真之歌》中的"羔羊"和《经验之歌》中的"老虎"构成了最为鲜明的对立——

> 小羔羊谁创造了你？
> 你可知道谁创造了你？
> 给你生命，哺育着你，
> 在溪流旁，在青草地……
>
> ——《天真之歌·羔羊》

老虎，老虎，你炽烈地发光，
照得夜晚的森林灿烂辉煌；
是什么样不朽的手或眼睛
能把你一身惊人的匀称造成？

——《经验之歌·老虎》

纯洁可爱的羔羊不正是“天真”的象征吗？耀眼、匀称有力的老虎不正是对“经验”的最好阐释吗？在布莱克的诗歌动物园里，“天真”的羔羊的咩叫和“经验”的老虎的吼声构成了一曲美妙动听的变奏。他在另一首诗中把矛盾对立的主张阐述得更为透彻：“从一粒沙看世界 / 从一朵花看天堂 / 把永恒纳进一个时辰 / 把无限握在自己手心。”(《天真的兆象》)

艾略特是发现布莱克价值和意义的功臣，他在布莱克的天真与经验中看到了“真诚”，他精辟地写道——

这是一种独特的真诚，在一个过分害怕真诚的世界中便是使人特别惊骇的了。……他（布莱克）是袒露的，看人也是袒露的，而且是从他自己的水晶球中心看出去。怀着一颗未被世俗偏见所蒙蔽的心灵来接近一切事物。

——《艾略特诗学文集》

布莱克从小就具有一种独特的幻觉能力，他告诉别人他曾看见上帝透过窗户注视他，看见一大群天使栖息在郊外的树林区。在布莱克四兄弟中，他与弟弟罗伯特的关系最好，两人常在一起讨论诗歌和哲学，十分默契。罗伯特去世时，布莱克看见他“解脱了的灵魂向天空升去，欢快地拍着它的双手”。此后，布莱克经常与弟弟的灵魂交谈，并从另一个世界接受启示。布莱克的幻觉能力是天才的一个标志，在他的艺术才华中发挥得淋漓尽致。除了天生的幻觉能力，布莱克还十分推崇想象力，他认为想象力是后天必须做的一门功课，并把它放到了一个至高无上的高度——

> 这个想象力的世界是永恒的世界，是我们所有的人在我们的肉身死亡之后都要返归的神圣之怀。这个想象力的世界是无限的、永恒的，而繁殖的、生长的世界是有限的、暂时的。
>
> ——《最后审判之一瞥》

布莱克这样说是有切肤之感的。他的时代已不是使徒圣保罗所说的“所种的是血气的身体，复活的是灵性的身体”那种时代了。相反的，时代已在鄙视想象力、扼杀灵性了。从笛卡尔的“数”到牛顿的“机械论”，再到洛克的“驱逐想象”……诗人已预感到，一个与“自然”和“诗意”作对的时代开始了。1765年，瓦特的蒸汽机问世，布莱克毫不客气地称它为“魔鬼的磨盘”，“时刻不停地擦亮铜和铁，繁重地劳作着，却不知它的用途”。难道布莱克是极端保守的和反对世界进步的吗？用简单的社会学眼光来看，诗歌（文学）发展似乎与社会发展是同步，但事实上并不如此，诗歌（文学）恰恰是社会前进中停滞的和永恒凝聚的部分——世界是向前的，悟性是向后的。布莱克强烈反对机器文明这一“恶魔”，不是为了阻止社会的前进，而是为了保卫心中的想象、灵性和诗意。如此说来，他是那个时代觉醒的先知、预言家，他的诗代表了一种提前实现了的现代主义。《大不列颠百科全书》对他的评价是恰如其分的：“他以先知的幻觉洞察到了未来，看到了现代社会中人的状况。”

在布莱克看来，世界的创造是一个神圣的仁慈行为，依靠这种仁慈，人便可以习惯于忍受来自神圣的爱的炽热。这一点，在《天真与经验之歌》中表现得极为明显。

这首诗中的“神”是温暖的、明朗的、确定的，同时又是普遍关爱和无边无际包围着人类的。但布莱克显然已不满足于这一点。用散文体写作的长诗《天堂与地狱的婚姻》表明了他的转向，其力度和深刻超过了《天真与经验之歌》，但“反面的美”也诞生了，那就是越来越严重的魔性色彩和恶的光辉。1797 年，布莱克开始写作《伐拉，或四天神》，他要建立自己的神话体系，创造自己的神。按他的设计，宇宙是一个巨人（宇宙人），由理性、激情、想象和怜悯构成。他说：“我必须创造一个体系，否则就会成为别人体系的奴隶。”他急于要创造一个体系，为人类提供一个追问的答案。但他并不知道，诗歌的任务只是追问，而不是提供答案。结果他越走越远，体系是庞杂而零碎的，诗歌越写越晦涩，丧失了早期的明快、朴素、天真和抒情，有的评论家甚至称他陷入了“装腔作势的神秘主义”。布莱克是热爱但丁的，临终的那年还亲手雕刻但丁的《神曲》。他雄心勃勃想成为他那个时代的但丁，后期的他是朝着这个目标勇猛冲刺的，但他没有写出但丁《神曲》那样伟大而完整的作品。他不是但丁意义上的作家，但他是一个了不起的、独特的天才，在世界的旷野上对人性和神性作过深情的呼喊。

王佐良教授在《英国文学史》中称布莱克为“雕刻匠诗人”，是因为他曾跟著名的雕版师詹姆斯·巴塞尔学过7年，学会了雕版、蚀刻、点刻及临摹的技艺，他的诗集大多是亲自配画、雕刻、手印出版的，并且印数不多。这需要怎样的认真和耐心啊。但布莱克对他的“雕刻匠”工作十分投入，乐此不疲，不但雕刻自己的作品，还雕刻但丁的和不太有名的班扬和扬格的作品——诗画结合的雕刻印刷无疑增添了诗集的完美。我在想，我什么时候才能出一本像布莱克那样诗与画珠联璧合的诗集呢？

如此的永不消逝，如此时光流逝，来自
友善的尊敬；人们从不孤单生存
却完全属于自身的光亮和闪烁，
人证明此，他的智慧入于人生诸世。

——荷尔德林

弗里德里希·荷尔德林：诗意地栖居

我要在最黑的深夜写作荷尔德林直到熹微的黎明，要从“无神的黑夜”一直写到“有神的白天”。这个视写作为神圣的人，这个自称在众神怀抱中长大的人，这个在幸福中从不说出轻松之辞的人，这个认为具有神圣信仰的是那些自己神圣的人，这个总让宁静的太阳推动自己创作的人，他的灵魂就时常推动着我的灵魂。

弗里德里希·荷尔德林（Friedrich Holderlin，1770—1843）光辉的天才时期大概只有短暂的10年（从1791年写作《自由颂》到1802年写出《帕特莫斯》，其间还写了唯一的一部长篇小说《许佩里翁》），从1805年开始，他的精神失常越来越严重，无法与人交流，只能过一种隐居生活，在一个名叫齐默尔的友善的木匠家里，他度过了人生的后40年。为答谢这位木匠，他在病情稍有好转的间隙，写了一首《致齐默尔一家》的短诗——

像人行道和大山的遥远尽头，
生活的道路多种多样，
时而岔开，时而隔阻。
为我们在此处的遭遇
在另一处某位神明会赐予
和谐、安宁和永久的补偿。

为了神明和谐、安宁和永久的补偿，在尘世遭受的任何苦痛都是值得的。荷尔德林的灵魂不是苦痛的，而是幸福的，在他精神失常的最后岁月里也洋溢着幸福。据说他 73 岁去世时没有一点痛苦的表情。那么，他“失常”以后说的那种德语、希腊语和拉丁语混合的谁也听不懂的话语，是否就是“神的语言”？莫非他已经达到了与神的某种默契和沟通？

他是黑格尔的同班同学，曾同住一个宿舍。然而他在世时没有多少人认识到他的天才。歌德不认可他的诗歌，虽然现在世人普遍认为他的抒情诗超过了歌德；席勒倒对他有一点帮助，在自己主编的杂志上发过他的诗和小说片断。少数同时代的人似乎突然认识到了他的价值，但为时已晚，他们去木匠之家看望他时，他只能向他们说那种德语、希腊语和拉丁语混合谁也听不懂的语言。

这使我想起了尼采——一个后来也疯了的天才。尼采说：“要给一个民族定性，与其看它有些什么伟大人物，不如看它是以什么方式认定和推尊这些伟大人物的。”但认定和推尊总是姗姗来迟。荷尔德林与尼采的不同在于：尼采是宣布“上帝死了”，认为自己就是上帝而疯的；而在荷尔德林心中，上帝（神）是永恒存在的，他是为了追寻、发现神的踪迹而精神失常的（这难道不是另一种正常）。在荷尔德林的诗中，我们到的不是分裂、狂乱、胡言乱语，而是一个宁静、明澈、信仰、热爱的灵魂，散发着温和的、梦幻般的忧伤。

> 在众神的怀抱里我长大成人。
>
> ——《正当我年少》

故乡和自然就是众神的一个怀抱，温暖而充满爱意。荷尔德林生于内卡河畔的劳芬，那是一个有着芬芳阳光、平静内河、起伏山峦、桂树林飘香、盛产葡萄酒的地方。《故乡集》不断地吟咏“还乡”：“我仿佛是大地的一个儿子，/生来有爱，也有痛苦。”（《故乡吟》）“故乡的天空啊，请重新/收容和祝福我的生活吧。”（《还乡曲》）“在群峰之巅，天上的微风/解除我奴隶般的痛苦。”（《内卡河之恋》）……漫游的灵魂要回到故乡去，回到自然的怀抱，回到精神的家园。

这个漫游的灵魂有什么心病和痛苦呢？为什么要说“我的幸福从不让我说出轻松之辞”呢？更高的归宿又在哪里呢？这个灵魂的痛苦是深沉的——

> 我们命中注定寻不到立足之地，
>
> 受尽苦难折磨，不断萎缩、堕落，
>
> 每一天，每一刻，像被抛掷的水流，

滚过一个又一个石坎，无法自拔地

投入幽深晦暗的未知。

——《许佩里翁的命运之歌》

这是因为“上帝的缺席”和“诸神的隐遁”，世界进入了“无神的黑夜”：万物杂乱，人间无序，没有信仰，灵魂无家可归。但荷尔德林没有像尼采那样宣布“上帝死了”，对神的存在他是坚信不疑的。神并没有死亡，只是隐遁而去，踪影难辨了。“永恒的神，我与你们的联系从未间断。/我要在你们陪伴下漫游，/阅尽人生，把快乐的你们带回故国。”（《流浪者》）他指出：“哪里有危险，/哪里便有救。”“……只要善良、纯真尚与人心同在，/人将幸福地用神性度量自身”，并进入“有神的白昼”。

荷尔德林认为“诗人是圣器”，是一只与神沟通、交流的圣器，如果没有神的充盈和注入，将是一只粗糙低劣的器皿。连鸟兽都懂得在哪儿建窝，人类更知道如何在大地上居住。田野在经历严冬考验之后，开始泛青，我们必须准备好佳肴作为祭品，恭候诸神的光临。

荷尔德林的神是古希腊诸神和基督教上帝的混合，是一个泛神。与歌德、席勒、拜伦等一样，荷尔德林对古希腊是心驰神往的。1795年，他到法兰克福的一个银行家的家里当家庭教师，狂热地爱上了银行家的妻子苏姗特·冈塔德。他在苏姗特·冈塔德身上倾注了自己的希腊理想，给她取了一个希腊式的名字——迪奥蒂玛，写下了《爱之颂》《梅农为迪奥蒂玛哀叹》《许佩里翁的命运之歌》等爱情诗。荷尔德林充满深情地写道："一个友好之声向我靠近，/我微笑，惊叹，/痛苦中的我竟也如此喜不自胜。""神一般的尊像啊，/你在流光溢彩中显现，/在我的夜间……"荷尔德林视迪奥蒂玛为一个希腊女神，心上人也回报了荷尔德林的深情："我们心满意足地相会，/像是脉脉含情的天鹅一对。"法兰克福的两年时光，荷尔德林是幸福的，这一时期也成为他的创作高峰期。但他们的爱情终于被银行家发现了，荷尔德林不得不离开了迪奥蒂玛。

"上帝就在近旁，却难于接近。/但哪里有危险，/哪里便有救。/黑暗处栖息着鹰隼，/在精巧的桥上，/阿尔卑斯山的儿子们/无畏地越过深渊……"(《帕特莫斯》)我相信荷尔德林的灵魂在"失常"之前已越过了这个"深渊"，进入敞开、澄明、照亮之境。他追寻神，神也回报他，向他显现。如此，荷尔德林才无愧而欣悦地写下——

请给我一个夏季，你万能的命运主宰，
再给我一个秋天，让我幸福地倾听
收获的歌声，让我心中充盈
音乐的甘美，从容归去。
……
我将愉快地投入寂静的永恒
另外一个世界，阴影幢幢，
再无歌声相随，我也甘愿。

有如诸神，我已领略过人生。

——《日落》

荷尔德林辞世后半个世纪，一个后来被誉为“诗人哲学家”的人诞生了，他就是海德格尔。

海德格尔在德国马堡黑森林中自己建造的小木屋沉思“存在”等哲学命题时，阅读了彼特拉克、荷尔德林、里尔克的诗作，这导致了他思想和方法的巨大转向——从早期现象学和解释学方法转向对诗歌文本的沉思和解析，从枯涩的形而上学语言转向“半诗性的特殊语言”（伽达默尔），成为德国浪漫主义时期“诗化哲学”的代表人物。荷尔德林的灵魂无疑照亮过这间林中小木屋。

海德格尔是荷尔德林的“发现者”和最佳“阐释者”，他的《诗人何为》《人，诗意地栖居》等多篇文章都谈论了荷尔德林。——在一个贫乏的时代里，诗人何为？诗意地栖居仍是可能的吗？两人的回答都是肯定的。海德格尔替自己，也替荷尔德林作了回答：

“在一个贫乏的时代里做一个诗人意味着，去注视、去吟唱远逝诸神的踪迹。在世界之夜的时代里歌唱神性。世界之夜乃是神性之夜。”

你那微笑给我阴沉的脑中

也灌注了纯洁的欢乐；

你的容光留下了光明一闪，

直似太阳在我心里放射。

——拜　伦

乔治·戈登·拜伦：唐璜的情场与战场

《唐璜》写到第十一章，拜伦勋爵供认了他享乐与厌世交织的心情——

> 但时光不再！唐璜，别放过！别放过！
> 明天就有另一场戏，一样的快活
> 和短暂，又被同样的怪物吞没。

这种矛盾心理伴随了乔治·戈登·拜伦（George Gordon Byron，1788—1824）的一生。享乐主义与厌世主义之所以都是成立的，是因为有一个共同的基础，那就是：人生短暂、世事无常。具体到拜伦，还有与生俱来的原因：家庭——被称为“坏天气杰克”的祖父，“疯杰克”的父亲和“有钱的寡妇”的母亲形成的令人不安的家庭气氛，以及世袭爵位带来的特殊身份；生理——拜伦天生是个跛子，姑娘们经常取笑他，对此他十分敏感，觉得整个世界都在与他作对，为此他要去行动，去抗争，去战斗，为自己的“残疾”争取补偿。

在拜伦身上，享乐与悲观、刻薄与真诚、愤世与柔情、放荡与内疚、炽热与冷漠，都表现得那么强烈、那么鲜明！拜伦性格中有天生的离经叛道、与社会格格不入的一面，在他短暂的一生中，一直与社会保持了一种紧张对立的交锋状态。对性与革命、爱情与战争的热爱，使他成为情场和战场上的双重高手，一个坚定的自由主义者，一个“拜伦式的英雄”，而不是一个圣洁的完人。

性与革命，是拜伦进入社会的两种途径。在那里，他炽热的感情得以自由驰骋。因此从本质上来讲，拜伦是社会的行动者和体验者，而非与社会保持距离的、高蹈的冥想家。他说：“生活的伟大目的就是感觉——感觉我们的生存，即使是在痛苦中生存。正是这种‘不甘寂寞’驱使我们去赌博——去战斗——去旅行——去充分而敏锐地感觉各种各样的追求，其中引人入胜的主要之处是同这种追求的成就不可分割的‘内心激动’的情状。”

在我心中，拜伦和唐璜俊秀的面孔是重叠的——有时我甚至觉得不是拜伦写下了《唐璜》，而是唐璜塑造了拜伦。

《唐璜》是未完成的（就像拜伦的革命之梦因早逝而终止），但它是拜伦最成功和最成熟的作品，他自称是“讽刺史诗”。与西班牙古老传说中那个追逐女人、无恶不作、最后被打入地狱的花花公子唐璜不同，拜伦笔下的唐璜是一位善良、多情、勇敢的热血青年，由于与一位贵族之妻朱丽亚“偷情”（他的初恋），被“驱逐”出境，开始“周游列国”：海上遇险——希腊小岛，海盗女儿海黛，牧歌式的爱情，贩卖为奴；土耳其——苏丹娘娘古尔佩霞的后宫，逃亡；俄国——伊斯迈之战，喀萨琳（叶卡捷琳娜二世）的宠幸；出使英国……这个唐璜不是主动出击、四处猎艳，而是每每被女人垂青、俘虏，不是自己掌握着自己的命运，而是每每被命运捉弄，抛进一个又一个旋涡。——一个被迫的唐璜，一个有点荒诞的唐璜。

“唐璜或是真实的，或是臆想的。”（《唐璜》第十章）不管是真实的，还是臆想的，唐璜的命运是被拜伦重新“导演”过的。唐璜的故事不时被拜伦的“插入”——滔滔不绝（有时是喋喋不休）的议论、抒情、冷嘲热讽——所打断。因此，《唐璜》的真正主人公有两个：唐璜和拜伦。对于爱情、女人、革命、战争、死亡的高度敏感，他们是一致的，像一对孪生兄弟。

好了，让我们回到拜伦的“情场”和“战场”，而让《唐璜》作为一份措辞优美的证词吧。

拜伦说：“欢情啊欢情！你真是人间乐事。”“爱情，永恒的爱情，是我的常客。”“我希望全体女人只有一张嘴，只消我一下就能从南吻到北。”……足见是够风流倜傥的了。但我们知道拜伦的初恋是失败而悲伤的，他钟情的玛丽·查沃斯小姐拒绝了他，嘲笑了他的跛腿，并嫁给了别人。这一打击可能加深了拜伦对女性的“报复”心理——追求然后抛弃。他在一封信中写道：“即使我有50位情人，我也会在两星期之内把她们忘得一干二净。”（《致奥古斯塔·利》）他与妻子安娜·密尔班长期不睦，最后分居。特别是他与同父异母的姐姐奥古斯塔·利的恋情，被世人指责为“堕落”“乱伦”。但我们可以发现，奥古斯塔·利也许是拜伦一生中最关心最理解他的女性。他写给奥古斯塔的几首诗充满了火热的依恋、痛苦的深情。

拜伦对爱情是有发言权的，这倒不在于他追求过多少女性，而在于他对爱情有过细腻而深入的体验。他这样写唐璜与海黛在小岛上伊甸园式的爱情——

好了，在这荒凉的海边，他们的心
已经订婚，而星星，那婚礼的火把
把这美丽的一对照得更美丽，
海洋是证人，岩洞是新婚的卧榻，
情感为他们主婚，孤独是牧师——
他们就这样结了婚；这岩壁之下，
在他们看来就是快乐的天堂，
他们看彼此也和天使没有两样。

——《唐璜》第二章

紧迫的、加速度的爱情带来了欢娱、激情，也带来了厌倦。在他最后一首诗《今天我度过了 36 年》中，这种厌倦情绪已十分浓重："我的日子飘落在黄叶里，/爱情的花和果都已消失；/只剩下溃伤、悔恨和悲哀/还为我所保持！"于是"刀剑，军旗，辽阔的战场，/荣誉和希腊，就在周身沸腾"。这个拜伦，显然像他的唐璜那样"有点欢娱过度，心已生了坚硬的外皮"，要投身另一种激情——革命和战争中去了。他称战争是"由人血或由大气所能酝酿的最美好的战争，最险恶的风暴"，认为"唯有革命，才能把地狱的污垢从大地除净"。他是写战争的高手，他写唐璜参与的伊斯迈之战："人性的哀呼已彻响天地！""死人堆得齐了老督军的下巴……"他写道——

夜色昏黑，浓雾遮盖了一切，
田野上只能看到大炮的火光，
它在地平线上弯曲地飞过，
像一条火云倒映在多瑙河上——
地狱的映影！排炮的联珠发射
和那一长串吼声的轰轰激荡
比雷鸣还震耳，因为天发的雷
尚有慈心——而人却要一切化为灰！

——《唐璜》第八章

拜伦的座右铭是"我是属于反动派"，他称自己的诗是"被扣压的议会发言"。他的革命热情大概始于1812年2月反对惩罚工人破坏机器法案的那次议会发言。1816年4月，拜伦永远离开了英国，从瑞士（其间认识了雪莱并结为密友）迁居意大利，参加过意大利秘密爱国组织"烧炭党"。1821年，希腊掀起了反抗土耳其统治的斗争。拜伦自己出钱组织了一支军队，准备远征希腊，支援希腊人民的独立运动，并被任命为征利潘杜远征军总司令。由于痢疾（一说为尿毒），1824年4月19日他病死军中，年仅36岁。他死后，希腊全国志哀21天，向这位英雄致敬。

歌德认为"毁灭拜伦的是他放荡不羁的性格"。拜伦"狂暴的血液”在他身上表现出的是对自我的破坏力量远远大于建设力量。他的革命形象受到20世纪二三十年代中国热心青年的狂热崇拜，鲁迅曾写下《摩罗诗力说》，对拜伦大加赞赏。这是一个挥霍的、纵情无度的、革命性的天才。在拜伦身上，性、激情与革命由他“狂暴的血液”作保证，同时，它们的结合也补偿了拜伦的残缺——那条英雄的跛腿。

感谢穆旦先生为我们留下这部精湛译作。1977年先生去世，葬于北京香山，遵照其嘱，陪伴他的就是这部心血译作——《唐璜》。

每当我害怕，感觉生命将终结
当我的笔记录下不羁的思绪
在成摞的书籍里探寻之前，已经写下
就像丰盛的谷仓，盛满成熟的谷粒

——济　慈

约翰·济慈：夜莺仍在歌唱

约翰·济慈（John Keats，1795—1821），一个“把光阴镀成了黄金”的短命天才，一只不断歌唱“美即是真，真即是美”的“夜莺”，一颗为诗歌献身的“灿烂的星”。在19世纪初的英国诗坛，在诸多浪漫主义诗人中，他是那么的与众不同，又是那么的耀眼夺目。

他是一位自学的天才。作为一位马房饲养员的儿子，地位卑微、家境贫寒，没有受过多少正式教育，但他从荷马身上学习心灵的宏大，从乔叟身上学习澄净的单纯，从莎士比亚身上学习言词的魅力，从古希腊瓶画中学习形象的美感，从自己短暂的医院药剂师生涯中学习对生命、痛苦、死亡的观察……他不断地培养自己、铸造自己，称自己从来不怕失败，宁可失败，也要进入最伟大的人的行列。他的一生是加速度的一生，在很短时间内达到的心智的健全和心灵的完善，令人吃惊。

他对浪漫主义诗歌感情上的铺张泛滥有所警

惕，形成了自己内敛冥想的风格。他认为自己与拜伦他们存在着巨大差异，“他（拜伦）描绘他见到的事物，我描写我想象的事物”（1819 年 5 月 3 日致弟弟妹妹的信）。他默默地努力，要与那些大名鼎鼎又华而不实的诗人拉开距离。事实上他做到了这点，在许多方面胜了别人一筹，如想象力、美、敏感、微妙、深刻等方面，可以说没有一个同时代的诗人能够与他相比，不管是作为他的朋友和兄长的拜伦、雪莱，还是稍前的“湖畔诗人”华兹华斯、柯勒律治。

他有一个脆弱的肺。肺病曾夺去了他母亲和弟弟的生命，也没有将他放过。他是在照看病重的弟弟时被传染上这种不治之症的，咯血，消瘦，卧床不起，直至失去他年仅 25 岁的生命。他很早就预感到死亡阴影的逼近，听到了死神脚步的临近，然而这没有使他恐惧和消沉，他意识到“如果你走不上石级，/就会死在所站的地方”（《海披里安之亡》），所以他用更加发奋的写作来回答死亡的嘲笑，他是一个用写作、用诗的光芒来战胜死亡的人。在不少伟大作家的身上，我们发现都有一只脆弱的肺，如普鲁斯特、契诃夫、鲁迅；在一些美丽的奇女子身上，我们同样发现有一只脆弱的肺，像曹雪芹笔下的林黛玉、小仲马笔下的茶花女。可见肺与文学有着千丝万缕的联系。

济慈是全心全意为艺术献身的人，他对诗歌有过认真而深入的思考，有一种先知先觉，他的一些诗歌观点和主张对我们这些当代作者仍不无启示。他写道——

能够承受一切赤裸裸的真理，

预见环境的变化，而处之泰然，

这才是最高的权威！好生听着：

……因为永恒的法则是：

美居第一，力也居第一。

——《海披里安》

他强调美感：“对于一个大诗人来说，美感超过其他一切考虑，或者说消灭了其他一切考虑。”他认为诗要写得自然：“如果诗来得不像树叶那么自然，那还不如干脆不来。”他希望过一种有感受的生活：“我宁可要充满感受的生活，而不要充满思索的生活！——这是表现为青春的梦想，是未来的真实的投影——”他要求诗歌深入人的心灵：“诗应是伟大而不唐突，深入人的心灵；使人惊异震动的不是诗的本身，而应该是诗的内容；幽静的花是多么美！如果它们拥上大街来，大叫大喊：‘欣赏我吧，我是紫罗兰；迷恋我吧，我是樱草花！’它们将要丧失多少的美啊！……”

他于1817年出版了自己的第一本诗集《诗歌》，除了身边的知心朋友喜欢，没有受到更多人的关注，虽然里面包括了《初读贾浦曼译荷马有感》《蝈蝈与蛐蛐》等脍炙人口的诗篇。1818年出版的长篇诗体传奇《安狄米恩》受到了保守杂志《黑木相思树》和《评论季刊》的恶毒谩骂：“更好、更聪明的办法是去做一个挨饿的药剂师，不要去做一个挨饿的诗人，因此，约翰先生，还是回到店铺里去吧，回去搞你的药膏、药丸和软膏盒吧。”一些人抓住这篇诗歌的技术漏洞大做文章，对他进行人身攻击。对此，朋友们都感到愤愤不平。拜伦和雪莱后来都认为济慈年纪轻轻就夭折，是被一些人骂死的。但他内心不可能是这样脆弱的，他的强大已足以使外在的攻击不构成一种伤害。1818 年 10 月 8 日他在给 J. A . 赫西的信中说："赞美或责备对于一个献身美而对自己作品采取严厉态度的人只有短暂的影响。我自己内心的批评给我的痛苦，根本不是《黑木相思树》和《评论季刊》所能比的。"

他内心仿佛有一台马力充足的推动器，不断地把自己推向新的广度、高度和深度。

1819 年是他黄金般的丰收年，也堪称英国诗歌史上的"济慈年"。像是受到了神示，不顾病重体弱，在短短 7 个月时间，他一口气写下了六大颂歌：《惰颂》《心灵颂》《夜莺颂》《希腊古瓮颂》《忧郁颂》和《秋颂》。这组杰出的颂歌是英国诗歌中的珍品，每一首都浑然天成、光华夺目，令人惊叹。

他的《夜莺颂》是一个春夜的产物，当时他拖着病弱之躯坐在汉普斯特德花园的李树下，听到了夜莺的歌唱，不禁浮想联翩，想到了时光的流逝、生命的无常，心中充满了凄冷的喜悦和温暖的感伤，诗人用两三个小时完成了这首诗。从夜莺的歌声开始，写下青春的苍白、消瘦，死亡的静谧、富丽，也写下黑暗里的倾听，心灵接近宇宙空茫的狂喜。而夜莺，这只"永生的鸟"，几乎成了灵魂和艺术不朽的代名词——

我在黑暗里倾听；啊，多少次
我几乎爱上了静谧的死亡……

永生的鸟啊，你不会死去！

饥饿的世代无法将你蹂躏。

……

他在《希腊古瓮颂》中陶醉于“希腊的形状”，那凝固在古瓮画面上的人和神的乐舞、从不离开春天的枝叶、幸福的爱、年轻的心跳、焦渴的嘴唇以及牺牲的小牛、傍海的小镇、静静的山村、敬神的清早……这些，如委身“寂静”的完美的处子，不再遵循人间凋敝的规律。他歌唱他的理想：美与真的结合——

哦，希腊的形状！唯美的观照！
上面缀有石雕的男人和女人，
还有林木，和践踏过的青草；
沉默的形体呵，你像是“永恒”
使人超越思想：啊，冰冷的牧歌！
等暮年使这一世代都凋落，
只有你如旧；在另外的一些
忧伤中，你会抚慰后人说：
“美即是真，真即是美”，这就包括
你们所知道、和该知道的一切。

1820 年，济慈的肺病急剧恶化，咯血不止，在朋友劝告下乘船去意大利休养。1821 年 2 月死于罗马，年仅 25 岁。济慈葬在罗马一个靠近海滨的墓园里，他的墓碑上刻着这样一行英文——

Here lieth one whose name was write in water

（这里安息着一个姓名写在水里的人）

他的姓名不仅仅写在水里，更写在永恒中，因为他的心灵和诗篇已幻化成一个精灵、一只不死的夜莺。

同年，雪莱写了一首五百多行的长诗《阿多尼》来悼念这位天才诗人，他称济慈“星光变成了芬芳，把死亡照得通明”，“一颗明亮的星，/从不朽者的居所指引我的航程”。

“……无数的夜莺在不列颠的文学里歌唱过；乔叟和莎士比亚赞美它，弥尔顿和马修·阿诺德颂扬它，但是我们命里注定地把它的形象和济慈结合了起来，就像把老虎结合于布莱克一样。”（博尔赫斯）

听吧，在那高远的天空，夜莺仍在歌唱……

假如生活欺骗了你，

不要悲伤，不要心急！

忧郁的日子里须要镇静：

相信吧，快乐的日子将会来临！

——普希金

亚历山大·普希金：波尔金诺的秋天

正如人们所说：女人伤春，男人悲秋。四季带来万物的枯荣，也影响人的心灵。春、夏、秋、冬从诗人内心走过，在他们敏感的琴弦上弹奏出不同凡响的旋律，留下绚丽多彩的篇章。

亚历山大·谢尔盖耶维奇·普希金（Alexander Sergeyevich Pushkin，1799—1837）热爱秋天。他不喜欢春天，因为解冻的天气使人难以忍受，泥泞和臭味使人病恹恹的，无精打采，血在游荡，情感和思想仿佛被愁闷遮掩了。而秋天："忧郁的季节啊！真是美不胜收！/你那临别时的姿容令我心旷神怡——/我爱大自然凋萎时的五彩缤纷，/树林披上深红和金色的外衣，/树荫里，气息清新，风声沙沙，/轻绡似的浮动的雾气把天空遮蔽，/还有那少见的阳光，初降的寒冽/和远方来的白发隆冬的威胁。"（《秋》）每当秋天来临，普希金感到精神焕发、神采奕奕，渐渐来到的寒冷对健康也很有好处。他在给朋友的信中写道："秋天来了，这是我喜爱的季节——我

的身体一天比一天健壮起来——我的文学创作的时期开始了。”（《致普列特尼约夫的信》）

1830年，普希金准备与莫斯科的大美人纳塔利娅·冈察罗娃结婚，父亲为了他的婚礼，将位于俄罗斯中部卢科亚诺夫县波尔金诺村的部分世袭地产划拨给他。秋天，普希金亲自去波尔金诺料理事务。这是什么样的一个地方呢？普希金称它是一个“荒凉的城堡”，到处是“雨、雪和那过膝的泥泞”，有时能看到乡村小路上“一个农夫光着脑袋，/胳肢窝里夹着一个小孩棺材”。

普希金在此并无久留之意。但是，爆发于伊朗边境的霍乱和鼠疫沿着高加索和伏尔加河传了过来。村庄被封锁了，检疫站设立起来了，周围地区布置了哨兵，农舍被征用为医院。诗人不得不在此羁留达三个月之久。

三个月中，普希金集中精力，潜心写作，完成了长篇诗体小说《叶甫盖尼·奥涅金》的最后两章，写出了《别尔金小说集》，《吝啬的骑士》、《莫扎尔特和沙莱里》、《瘟疫流行时的宴会》和《石客》等四个小悲剧，长诗《科洛姆纳的小屋》《牧师和他的工人巴尔达的故事》，以及近30首抒情诗和一些时论文章。

这就是俄罗斯文学史上著名的“波尔金诺的秋天”，它已成为灵感勃发、创作高涨的代名词。1833年，普希金第二次来到波尔金诺，写下了《秋》，充满感激地写到了秋天是怎样赐予他“想象的果实”的——

就在这甜蜜的静谧中我忘却世界，
我的幻想催我进入甜蜜的梦境，
我心中的诗就这样渐渐地苏醒：
抒情的波涛冲击着我的心灵，
心灵战栗、呼唤，它，如在梦中，
渴望最终能自由地倾泻激情——
这时一群无形的客人——往昔的相识
朝我走来。你们呵，我的想象的果实。

普希金被誉为“俄罗斯文学之父”“俄罗斯文学的奠基人”。“普希金是我们的教师，美的感情被他发展到登峰造极的地步，这一点是谁也难以企及的。”（列夫·托尔斯泰）普希金的作品被称为“俄罗斯的百科全书”，后人编撰的《普希金辞典》就有厚厚四本。

普希金的贡献在于他将那时以方言为代表的俄罗斯语言和有教养的俄国人的语言成功地融为一体，形成了一种朴素又高雅、细腻而富有表现力的新的语言，从而成为19世纪俄罗斯的标准文学语言。更重要的一点是，不管是在上流社会和宫廷的灯红酒绿、华而不实的纷扰中，还是在被流放的艰难困苦中，他始终保持了冷静的目光、自由的理智、纯洁的心灵和对真理的热爱——他保持住了诗人高贵诚挚的本性。在他身上，既有贵族气质，又有人民性；他的作品，既是民族的，又是世界的。

陀思妥耶夫斯基说：“无论在他之前或在他之后，从来没有一个俄国作家像普希金那样诚挚亲密地和人民结合在一起。”普希金虽出身贵族，却自认为是“一个平民”。他说：“我怎么能算是一个显贵？ / 感谢上苍，我只是一个平民。”“我既非富翁，也不是宫中人， / 我自己就够伟大了：我是平民。”（《我的家世》）他鄙视那些有钱的显贵：“我还带着怜悯的微笑 / 非议那些可怜的富家人的奢侈。”（《寄语尤金》）1820 年，普希金因写作《自由颂》得罪了沙皇，被当局流放到南方高加索地区。祸兮福之所依，这使他能够广泛接触社会，深入到人民之中。亚细亚不毛的边境，偏远、烤焦的山谷，炙热的波古莫河岸，白云盘绕的荒凉的山峰，库班河外的辽阔平原，以及哥萨克人的奇风异俗及其热烈率真的性格，构成一幅幅神奇迷人的图画，冲击了普希金的心灵，使他开阔了心胸和视野，从早期歌唱“爱情、友谊、青春、迷惘”的狭窄主题中摆脱出来。正是这个时期，他开始了《叶甫盖尼·奥涅金》的写作，这个时期写下的《高加索的俘虏》《强盗兄弟》《茨冈》等重要作品，表达了他对“边缘”和“遗忘”的热情关注。

普希金最爱他的奶娘，一位名叫阿林娜·罗季翁夫娜的目不识丁的老妇。普希金的童年和 1824 至 1826 年流放南方期间在米哈伊洛夫斯克村的两年禁居生活，都是与奶娘一起度过的。奶娘是一位说唱能手，经常给普希金讲童话、笑话、鬼怪故事以及古代东正教的传说。普希全从奶娘身上汲取了丰富的民间艺术营养，并融入自己的作品中。他对奶娘充满深情，称她是“我严峻的岁月中的女伴， / 我的年迈了的亲人！”（《给奶娘》）阿林娜也很爱普希金，有一年夏天普希金答应去看她，但因故未能成行，奶娘焦急万分地等着他，请人代笔写了一封信：“来吧，我的天使，到我们米哈伊洛夫斯克村来吧——我要把所有的马都派到大路上去迎接你。”

1825年12月14日，俄国发生了旨在推翻沙皇统治的“十二月党人起义”。起义失败了，普希金的朋友、皇村学校时的同学普欣及其他重要成员被判处20年苦役，流放西伯利亚。许多“十二月党人”的妻子跟随丈夫去荒凉寒冷的西伯利亚服苦役。普希金坚定地支持“十二月党人”。和他们站在一边，他写了一首《在西伯利亚矿山的深处》，托英雄的妻子们带到西伯利亚。这首诗以手抄本形式广为传诵，诗中写道：“沉重的枷锁定会被打断，/监牢会崩塌——在监狱入口，/自由会欢快地和你们握手，/弟兄们将交给你们刀剑。”普希金始终不移地与良知、正义和真理站在一起。

普希金的创作在完美地展现本国民族性的同时，典型地体现了俄罗斯文学所向往的世界性。他有再现别国民族性的特殊能力。许多诗篇描写别国的特殊风貌、人民的精神和气质以及他们内心深处的忧伤、苦痛，如《仿古兰经》《浮士德一幕》《贞女》《在犹太人家的破屋里》《厄尔巴岛上的拿破仑》等。他还用大量精力翻译了阿那克里翁、贺拉斯、马洛、伏尔泰、拜伦、柯勒律治等人的诗歌。普希金所具有的“世界主义”使他“不仅是那个时代的俄国伟大诗人，而且是各个时代和各个民族的伟大诗人”（别林斯基）。

普希金异乎寻常地早熟，8岁用法文写诗，14岁写下《给娜塔利娅》《僧侣》等优美诗作，15岁在《欧罗巴通报》上发表处女作《致诗友》，16岁在皇村学校当众朗诵《皇村回忆》，老诗人杰尔查文激动地说：“这就是将要接替杰尔查文的人！”同年，他还写了一首《我的墓志铭》——

这儿埋葬着普希金；他和年轻的缪斯，
和爱神结伴，慵懒地度过欢快的一生，
他没做过什么善事，然而凭良心起誓，
谢天谢地，他却是一个好人。

1837年2月8日，普希金与一个毫无价值的人——正在狂热追求他妻子的流亡的法国贵族丹特士——决斗，腹部受重伤。两天后，这个曾经有“鲜艳的脸色、金黄的头发和鬈发的脑袋”（《我的肖像》）的诗人，“终于凋萎在这块贫瘠的土地上，成了流血与诽谤的牺牲品”（卡拉姆辛）。

普希金短暂的一生留下了丰富而宝贵的文学遗产，这笔遗产包括八百多首抒情诗以及大量的长诗、童话诗、诗体小说、小说、评论、小品文、书信等。他没有活到人生的秋天，但他的作品有着秋天的成熟、金黄和圆满——他宣告了俄罗斯文学“黄金时代”的开始。

不要把一个阶段幻想得很好

而又去幻想等待后的结果

那样的生活只会充满依赖

我的心思不为谁而停留

而心总要为谁而跳动

——波德莱尔

夏尔·波德莱尔：没有氛围的星

从巴音郭楞某宾馆 15 楼的一个房间（我在这里住了整整一星期）往下看，我看到了一个深渊：杂乱的、缺乏布局的城市，几乎一夜之间冒出来的幢幢新楼夹杂着低矮的平房。汽车的奔驰有些慌乱，如同中了邪，人群四散而无言，看不清他们的面孔，“假如我们可以洞察所有人的内心，那么人世间又有谁是不可同情的呢？”（圣伯夫）由于持续的尘雾，太阳是苍白的，仿佛在预告从人到物的一个必然崩溃的前景。各种声音挣扎着浮了上来：汽车的尖叫，工厂机器的呻吟，以及那些平房中的狗吠，羊咩，鸡鸣，高音喇叭突然播放的一段乐曲，一个看不见的人敲打石头的声音……这一切混成一团，以便找到一只聆听的耳朵去轰炸。那么人的声音呢？尽管我耐心地等待，但那些胸腔中的苦闷、灵魂中的不安或者道貌岸然下的恐慌从来不发出一点声响。整整一星期，塔克拉玛干大沙漠的风暴将沙尘送到巴音郭楞，落到桌上我带来的《恶之花》上。

这次孤独的南疆之行，有夏尔·皮埃尔·波德莱尔（Charles Pierre Baudelaire，1821—1867）与我为伴。波德莱尔的作品有一种下坠的疯狂和陶醉，抵达了深渊的底部，而后上升到令人眩晕的高度——高处的深渊。我想象着100多年前的他，登上巴黎的某幢高楼眺望这个第二帝国首都的情景，波德莱尔看到的与我看到的又有什么本质的不同呢？

与《恶之花》（插图本）一起带在我身边的是瓦尔特·本雅明的《发达资本主义时代的抒情诗人》。这本书是专门讨论波德莱尔的，是本雅明雄心勃勃的“19世纪的巴黎”研究的重要部分。本雅明对波德莱尔下了这样一个结论：“他的诗在第二帝国的天空上闪耀，像一颗没有氛围的星。”

“没有氛围的星”借自尼采，可以从两层含义来理解：一方面它在它所处的夜空（时代）是绝对的孤独，另一方面它的光芒（像是有毒的）使周围变得荒芜起来。波德莱尔在他的时代找不到他喜欢的事物，对读者——“虚伪的读者，——我的兄弟和同类！”（《致读者》）——也不抱太大的希望。

这颗“没有氛围的星”要开始下坠，如同云中之君信天翁，当它们“出没于暴风雨，敢把弓手笑看，/一旦落地，就被嘲笑团团围住”（《信天翁》），在甲板上，它们笨拙而羞怯，又大又白的翅膀，像双桨一样可怜地垂在身旁，水手们还用烟斗去戏弄它们的嘴。无疑，波德莱尔在坠落的信天翁身上找到了诗人最恰当的比喻——巨大的翅膀妨碍了他（它）们的行进。

但坠落似乎还坠落得不够，于是他在《被诅咒的女人》中写道：“堕落下去吧，下去吧，可怜的牺牲者，/堕落到永劫的地狱的道路上去吧。”他一意孤行地继续坠落，在《赌博》中写出了这样的句子——

> 宁要不幸但不要死亡，
> 宁要地狱但不要虚无。

这像是灵魂的一份宣言，宣告了坠落和崩溃的全部意义，而且是作为现代人的首次宣告。至此，波德莱尔可以说是彻底地坠落了。这个惊世骇俗的异端，这个从人群中分离出去的愤怒的城市英雄，这个一意孤行的反面美的热爱者，不断地向下、向下，终于接住了但丁从地狱中递过来的灯盏。——一个局部的但丁诞生了。

躺在我桌上的《恶之花》是宁静的，早被经典化了，仿佛在做着一个深沉而漫长的梦，但在它首次出版时，无疑是投向巴黎沙龙、虚伪读者、浪漫主义老朽和道貌岸然文人群的一枚炸弹，激起了狂涛巨浪。时至今日，《恶之花》在波德莱尔所有作品中仍是影响最大的，虽然《巴黎的忧郁》也十分优秀，但只能看作是以散文体形式对《恶之花》精神的延续。

《恶之花》是波德莱尔多年磨砺的结果。我们注意到 1856 年 12 月 23 日波德莱尔写给他母亲的一封信：“一旦我重获那种偶尔有过的朝气和力量，我将用骇人的书发泄我的愤怒，我要使整个人类起来同我作对。其中的快乐能给我无限的安慰。”作为这一想法的体现，次年的 6 月 25 日，《恶之花》正式出版并在巴黎的几家书店出售。初版共 100 首，分《忧郁和理想》《巴黎即景》《酒》《恶之花》《叛逆》和《死亡》六辑。它的确是一本“骇人的书”。不久，因“亵渎宗教”和“伤风败俗”的双重罪名，波德莱尔被送上了第二帝国的法庭。经审判，亵渎宗教罪未能成立，便以伤风败俗罪勒令波德莱尔删除其中的 6 首诗，并罚款 300 法郎。直到 1949 年 5 月 31 日，法国最高法院刑事法庭受理法国文化人协会的上诉，才取消对波德莱尔的指控，并称《恶之花》中“不包含任何下流甚至粗俗的词句，在表现形式上也没有超出艺术家可以享有的自由”。

波德莱尔在法庭辩护中称《恶之花》是一本“表现精神在恶中骚动”的书。的确，“恶”是他最大的主题。恶来自事物的反面，来自世界的阴影，来自“病态的花朵”，来自忧郁、痛苦、罪恶、疾病。“愚蠢和错误，罪孽和吝啬，／占据我们的心灵；折磨我们的肉体，／我们培养我们喜爱的悔恨，／就像乞丐饲养他们的白虱。”（《致读者》）仅从诗歌标题上，就可以看出波德莱尔对反面美的洞察：病缪斯、坏修士、仇敌、厄运、唐璜下地狱、腐尸、吸血鬼、死后的悔恨、一个幽灵、苦闷和流浪、月之愁、快乐的死者、破裂的钟、忧郁、7 个老头子、小老太婆、骷髅农夫、醉酒的拾破烂者……他写“污秽的伟大！崇高的卑鄙！”（《你把全世界放在……》），写“丑恶之魅力只能使强者销魂”（《骷髅舞》），写“痛苦乃是唯一的高贵”（《祝福》），写“古老首都曲曲弯弯的褶皱里，／一切，甚至丑恶都变成了奇观”（《小老太婆》），写“你（撒旦）无所不知，你这地下的君王，／常常医治人类的焦虑和恐慌”（《献给撒旦的祷文》）。如果说作为万恶之源的撒旦与波德莱尔无关的话，那么，作为伟大叛逆者和被压迫者的撒旦，却是他重要的精神支柱。

波德莱尔是忧郁之王、地狱旅行家和死神论者的混合体。他以灵魂的袒露抵达惊世骇俗，以大胆的亵渎抵达真实，以地狱般的受难抵达精神的升华。他第一次将“当代性”全面引入诗歌，以叛逆的方式接近他的时代，以反抗的方式深入他的时代。对于他所处的时代来说，波德莱尔走得太远了，——他只能是一名孤零零的独行者，“一颗没有氛围的星”。

将波德莱尔称为“死尸文学诗人”，视作消极、淫荡、颓废、厌世的代名词，显然是愚蠢肤浅的。从某种程度上来说，波德莱尔是“病态”的，但“病态”正是他力量之所在——波德莱尔的“病态”与歌德的“健康”是两种不同的高度。他描写恶，并不是赞美恶、歌颂恶、与恶同流合污；他是要挖掘恶中之美，通过恶这一净化剂的净化，由恶向善——穿越恶而抵达更高的善。因此，他从本质上又回到了人道主义者的行列，正如古尔蒙所说的：“即便在神经质的高叫中，波德莱尔仍然保留着健康的东西。”恶之花既是波德莱尔自己所说的“病态的花朵”，更是惊世之花、稀世之花。

在巴黎，波德莱尔将自己的头发染成绿色，频频出入妓院、酒吧、咖啡馆，口吐狂言，举止古怪，过着游手好闲、行踪不定而又穷困潦倒的生活。他的全部作品只为他挣了 15000 法郎，而同时代的拉马丁《纪龙德人的故事》一书就挣了 60 万法郎，欧仁·苏的《巴黎的秘密》收益 10 万法郎。1853 年他给母亲写信说：“某种程度上我已习惯于肉体的折磨。我能很老练地用稻草甚至用纸塞住鞋子上的洞眼。必须避免任何突然的动作或走太远的路，因为害怕把衣服的破口弄得更大。”

肉体的或者生活的折磨并没有使波德莱尔在精神上屈服，他始终保持了一种卓尔不群的英雄主义写作方式，并按着英雄的形象来塑造艺术家的形象。他称写作是一种“奇袭”，强调“毅力”和“力量”，尤其认为写作是“奇异剑术”的练习（兰波把它发展为“语言炼金术”)。《太阳》一诗展现了“奇异剑术”带来的奇迹——

沿着古老的市郊，那儿的破房
都拉下了暗藏春色的百叶窗，
当毒辣的太阳用一支支火箭
射向城市和郊野，屋顶和麦田，
我独自去练习我奇异的剑术，
向四面八方嗅寻偶然的韵律
绊在字眼上，像绊在石子路上，
有时碰到了长久梦想的诗行。

1867年8月31日，在受尽失语症和半身不遂的折磨后，波德莱尔在母亲怀里逝世。

下面，我们来听听几位重要人物对他的评价——

圣伯夫 :“在诗的领域中，任何地方都被占领了。拉马丁占了天空。雨果占了大地，还不止于大地。拉普拉德占了森林。缪塞占了激情和令人眩晕的狂欢。其他人占了家庭，乡村生活，等等。……剩下的就是波德莱尔所占的。”

保尔·瓦雷里："波德莱尔最大的光荣在于孕育了几位很伟大的诗人。无论是魏尔伦，还是马拉美，还是兰波，假使他们不是在决定性的年龄上读了《恶之花》的话，他们是不会成为后来那个样子的。"

T.S. 艾略特："波德莱尔是现代所有国家中诗人的楷模。"

一个厌倦，经希望多少次打击，
还依恋几方手绢最后的告别！
可也说不定，招引暴风的桅杆，
哪一天同样会倒向不测的狂澜，
不见帆篷，也不见葱芜的小岛……
可是心，听吧，水手们唱得多好！

——马拉美

斯特凡·马拉美：静默的猛烈思想

写作从最根本意义上来说是一种个人幸福和个人神话，来自内心深处的战栗、陶醉和狂喜已经足够，让写作去承担太多社会性的功能和负荷似乎有点过分，实际的收益——如果有收益的话，可能是菲薄的，伟大作品往往放弃了世俗意义上的成功，它的一半已变得清心寡欲。我甚至梦想着有一天能出这么一本书，当然是耗费我毕生心血的一本书，譬如印几十册，然后全部扔进塔克拉玛干大沙漠，让风去读，阳光去读，沙粒去读，寂静去读，死亡去读，虚无去读，但就是放弃了让人去读，而让它进入孤独和遗忘的永恒荣耀之中……

在这个激动人心的念头中，我想起了斯特凡·马拉美（Stephane Mallarme，1842—1898），一生追求纯粹的大师。

马拉美对读者是苛刻的，他的诗不面向大众，只为小众的灵魂服务，首先是为自己的心灵和最高艺术准则服务，为此而呕心沥血，献出一生，并最终实现了用人工的方法重新创造出一种惊人的天机。他说："诗人无偿地生产，不屑于交易。"（《孤独》）"在民众手中，语言同金钱一样有着简单的和便利的效用。而在诗人手中，它首先变成了梦和歌。"（《诗歌危机》）了解马拉美的生平可能会使你失望，因为它平淡无奇，没有你期望的精彩、传奇和惊心动魄。生活在巴黎，中学英语教师，婚姻上从一而终，性格温和，感情节制，待人彬彬有礼……这大概是全部了。当然，还有著名的"马拉美的星期二"沙龙，这放在后面再谈。总之，马拉美的生活平静而单纯，缺乏传奇色彩，在有些人看来甚至是平庸乏味的，与象征派另外三员大将波德莱尔、魏尔伦、兰波的放浪形骸、惊世骇俗形成了鲜明的反差。在1885年11月16日，致魏尔伦的信中，马拉美回顾了自己的生活："一直生活在巴黎""很少向必须和娱乐让步""很少休息，在带着家庭温暖的房间里，在几件古老而贵重的家具之间度过我的时光。……唯一的爱好是沿河荡舟"。

但马拉美在更高意义和另一维度上实现了兰波的"生活在别处"——生活在诗歌中。

他的一生是在无穷无尽的沉思和对诗艺的精益求精中度过的。马奈画过不少马拉美的肖像，大多是深陷座椅的沉思者形象。

生活的宁静保护了灵魂的历险，他是人类精神的伟大冒险家，他似乎只用脑袋度过自己的一生。

诗歌对于马拉美来说是超升的阶梯，藉此从现实世界进入象征世界，从瞬间进入永恒，从碎片进入完整，从偶然王国进入必然王国。“整个地完成，并且筑垒固守。”这种“有堡垒保护”的生活是诚实与耐心劳动的重要保证。

萨特在《马拉美诗集序言》中精彩地分析了马拉美的性格、生活与创作——

> 马拉美不是，永远不会是无政府主义者：他拒绝一切出格的行为，他的猛烈——我毫不讽刺地说——是那样地全力以赴，那样地绝望，以致变成了静默的猛烈思想。不，他不去炸毁世界，而是把它放到了引号里。

马拉美早已放弃了世俗意义上的成功。他谈得多，想得多，写得多，但发得少。他写过数千页的诗和散文，但生前只允许自己发表1000多行诗作。他对自己的要求是如此的严格和苛刻，以至于视一生的写作为练习，如同“创作前试一试笔尖那样”。他始终保持了这种练习的习惯，他的女婿艾德蒙·鲍尼奥博士回忆，马拉美喜欢把诗写在小学生练习本上，放在一个大木盒里。他还喜欢把诗写在扇子、照片和蛋壳上。20岁前，马拉美已写了100个小本子的诗，作为日后成为诗人的准备。

“世界的存在是为了成就一本书。”在马拉美看来，世上实际上只有一本书，被一个天才秘密而不由自主地书写着，它就是这个世界的法律。

马拉美视这本书是神圣的，只有纯粹的、绝对的诗歌才享有合法的居住权。诗歌作为一种理想事物，是与世界的不纯粹相对抗的超凡脱俗之物。他说：“纯粹的作品意味着诗人口头表达术的消失，而让位于语言的首创作用。”“诗歌用它的全部智慧为语言赎了罪，它高尚地帮助了语言。”而这种语言——新生的语言——是这样诞生的：“诗从几个字中提炼出一个新的字，它自身完整又不属于这种语言——它是一种咒语。”“当诗歌变作不可触摸的欢乐，它将升向天堂。”

1896年，魏尔伦去世后，马拉美被巴黎的象征派诗人们选为“诗人之王”——精神的教父和领袖。在他周围团结起了一大批出色的诗人，致力于象征主义运动。象征主义作为一种观念主义和苦行主义，经过马拉美他们的建设，完成了对流行的颓废主义的反省和提升。马拉美是这样强调象征主义诗人的任务的：“从成千上万普通的幻觉中寻求散布于生活的观念，以组成唯一真正的幻觉，即真实及富于启发性的‘象征’，从这种象征中完全并毫无遮掩地产生那种对梦幻来说是活生生的、至高无上及终结性的观念，或真实。”

对空幻、宁静、死亡的主题性探索和隐晦神秘的表达是为了达到这种至高无上的真实——艺术的至高境界，心灵的彻底澄澈，思想的大理石般的坚固以及语言的辉煌建设。

这种至高无上的真实首先在苍穹：“永恒的苍穹啊，晴朗的嘲讽。/……你萦绕着我的心灵。苍穹！苍穹！苍穹！苍穹！”（《苍穹》）这种至高无上的真实在海洛狄亚德的镜子里，她贞洁而美貌，痴迷于镜中自己的影子，孤独地“等待一个未知的事物，或者可能是不知道的神秘”：“我自信在我单调的祖国我是孤独的，/我周围的一切都在我对镜子的狂热中/看到了，它用睡意的沉静反映着/目光如宝石一样明亮的海洛狄亚德……”（〈海洛狄亚德〉）“目光如宝石一样明亮的海洛狄亚德”已不是自我幽禁的那一位，而是虚幻的另一个，不朽的另一个。这种至高无上的真实也在牧神的笛声中——那充满灵感的悠长独奏使梦幻变得绚烂，响彻行云，使逃逸的仙女又回来了，“皇后”——

> 在这树林镀上金色灰烬的时刻，
> 一个节日在黯淡的叶子上复活：
> ……炽热的火焰燃尽，
> 我抓住了皇后！
>
> ——《一个牧神的午后》

这种至高无上的真实还在骰子一掷取消不了的偶然中。《骰子一掷永远取消不了偶然》是马拉美晚年的代表作，也是他最“晦涩难懂”的一首诗，使许多读者一筹莫展。这首诗体现了对“绝对纯粹”的追求，“每一个字都经过了我数小时的研究”。字和空白在纸上展开搏斗、厮杀，字在退缩，空白占领了越来越多的疆土。马拉美在序言中说：“空白承受的重要性使人吃惊，诗要求空白如同音乐要求寂静一样。”空白中居住着想象、纯粹和绝对，走动着思想的必然，并使无限固定在其中——空白体现了至高无上的真实。

在巴黎，塞纳河左岸是象征派诗人们沉湎声色、放浪形骸的天堂；而在右岸，罗马街 89 号，马拉美的居所，是沉思者的乐园，是诗人们享受诗歌盛宴的地方。大约从 1883 年开始，每个星期二的晚上，大批诗人、画家、音乐家聚集到这里，讨论诗歌和艺术，但主要是聆听马拉美的“布道”——马拉美的精神魅力吸引了他们。这就是著名的“马拉美的星期二”。出入这个沙龙的，有后来享誉全球的纪德、瓦雷里、克洛岱尔、罗丹、维尔哈仑、梅特林克、惠斯勒、王尔德等。

1898 年 9 月 9 日马拉美去世，两位星期二沙龙的参与者对他给予了热情的、高度的评价。诗人瓦雷里说：“马拉美的生活、命运及荣誉的发展为我们提供了一部最完美、综合的精神史。”（《论马拉美》）雕塑家罗丹在参加完马拉美的葬礼后感叹道：“按照常理，需要多少时间才能造就马拉美这样的头脑啊！”

马拉美曾写过这样的诗句：“不朽天才的光辉是没有阴影的。”（《悼歌》）“虚无走了，纯粹的城堡还留在世上。”（《伊纪杜尔》）现在，这些诗句正好可以用来评价他自己。

一位象牙塔中的大师。你可以指责一座象牙塔，但你不能无视一位大师。

看透了。形形色色的嘴脸一览无余。

受够了。城市的喧嚣，黄昏与白昼，日复一日。

见多了。人生的驿站。——噢，喧嚣与幻象！

出发，到新的爱与新的喧闹中去！

——兰　波

阿尔蒂尔·兰波：通灵的浪子

1871 年秋季的某一天，一位脚踏木屐，有着流浪天使般的鹅蛋脸，一头梳理得不大整齐的栗色头发和一双有点惴惴不安的湛蓝色眼睛的俊秀青年，从法国东北部的边境小城夏尔维尔来到首都巴黎，拜访心仪已久的象征派大诗人魏尔伦，他带去了包括《醉舟》在内的一组诗作，作为献给巴黎诗坛的见面礼。这位落拓不羁的后来被誉为“神童加浪子”的天才就是阿尔蒂尔·兰波（Arthur Rimbaud，1854—1891）。这年，他刚满 16 岁。

《醉舟》倾倒了巴黎那些大名鼎鼎的诗人们，博得了交口称赞。比兰波年长 10 岁的魏尔伦对他的诗更是厚爱有加，赞不绝口，认为有天才的幻觉，像西班牙画家戈雅的画。《醉舟》的确充满惊人狂放的想象、色彩斑斓的画面、壮阔的灵感和刀锋般的锐利—— 一叶孤舟沿着冷漠的江面顺流而下，随心所欲地驶向大海，向着风暴、狂涛、阳光、闪电……

从此，我就沐浴在这个溶化着
繁星的、乳汁似的大海的诗篇里，
欣赏着天空的蔚蓝，在碧波兴奋的
水面上，有时落下一个沉默的溺者。

大海、醉舟、沉默的溺者，诗人抑制不住对灵魂彻底自由和解脱的向往——

对自由的苦恋使我迷醉昏沉，
啊！让我的龙骨爆炸吧！让我在海底葬身！

兰波与魏尔伦的友谊迅速发展，关系越来越密切，公开的同性恋身份闹得满城风雨，被上流社会斥责为伤风败俗。魏尔伦抛下新婚妻子，与兰波一起去英国、比利时流浪，酗酒、吸毒、教书、写作，过着放浪不羁的生活。但不久，他们的关系逐渐恶化，兰波决定离开魏尔伦。1873 年 7 月，魏尔伦在布鲁塞尔用手枪威胁并挽留兰波，不小心走火打伤了兰波的手腕，致使两人彻底决裂，魏尔伦也被比利时当局判了两年徒刑。

离开魏尔伦后，兰波来到罗什，在很短的时间里写出了他著名的作品《地狱一季》，似乎是为了向前一段时间的生活（放荡的一季）告别。这部用散文体形式写成的诗集由九个章节组成，形式奇特，一气呵成，展现了人的生命沿时间轴的演进，以及一个人如何从自身地狱中奋力挣脱出来的情景。字里行间传递出灵魂自我搏斗的铿锵节奏、想象力的炽热火焰、荒蛮状态的神秘气息、巨大矛盾的迷人纠缠，仿佛可以看到一只自由的火凤凰，振动新生的翅翼，扶摇直上。“琳琅满目的想象被风驰电掣地注入到人们司空见惯的意义之中，从而使得那些被弃置于一旁而又充满神秘的珍宝顿然闪发出奇妙的光焰……”（马拉美）下面我们逐章简要介绍一下。

《序诗》：过去（纯真时代）的生活曾是一场盛宴，如今如何才能找到开启昔日盛宴的钥匙呢？如今，灾难已成为兰波的神明——人类的全部希望在他脑子里破灭，在污泥浊水的罪恶中，疯狂耍出了种种花招……这几页可悲的纸片是被打入地狱的人的手稿，兰波把它们撕下来交给读者。

《坏血统》：“我”即是“他”，是剥兽皮的高卢人，是呆坐破瓦罐和荨麻上的麻风病人，是一匹兽，一个黑奴。荣格说“诗人是一个集体的人”，兰波的“我”就是一个内心充满矛盾、搏斗和活力的集体，携带邪恶，走向圣灵，不作理性的囚徒，而是在得救中保持自由，这就是惩罚——前进！

《地狱之夜》：地狱中幻影憧憧，无穷无尽；灵魂出窍，噩梦在火巢中沉睡。兰波，一个洗礼的奴隶，相信信仰可以减轻痛苦，指引道路，拯救灾殃。这里有为愤怒而设的地狱，有为骄傲而设的地狱，还有爱抚的地狱……火焰卷着罪人升腾而起。

《谵妄（一）》：主角——一对奇怪的夫妻，疯狂的童贞女（兰波自喻）和地狱中的丈夫（影射魏尔伦）。童贞女的告白像戏剧台词，反映出内心的疯狂、感伤、痛苦、悔恨，以及从受虐狂中摆脱出来的难度。

《谵妄（二）》：主角——语言炼金术和“我”（兰波）。“我”是被彩虹罚下地狱的，已委身于火神、太阳，习惯于幻觉，记录下无声、黑夜、不可表达与晕眩惑乱，学会向美致敬，并且要找到永恒——那融有太阳的大海。

《不可能》：兰波想起了伊甸园，那古代族类的纯朴，他要回到东方去，回到初始的永恒智慧。拯救灵魂需要的不是暴力，而是内心的磨炼——如果思想一直保持清醒，就能在智慧之海上自由航行。

《闪光》：“劳动”这个词出现，照亮黑暗的深渊。但对于兰波的骄傲来说，劳动显得过于轻微，背叛世界的那种痛苦会过于短暂。直到最后的时刻，还要向左右两面发动进攻，这样，我们也许不会将永恒丧失。

《清晨》：黑夜过去，清晨来到，兰波的新宗教诞生了，那就是心、灵魂和思想，要去远方致候新的劳动、新的智慧，欢呼暴君和魔鬼的撤退，因为这是一个新的圣诞。

《永别》：深秋正是永别的日子，新的时代是严峻的，但我们已立誓要找到神圣之光，一切邪恶的记忆已一笔勾销，最后的懊恨也可以收起了。要去发明新的花卉、新的星辰、新的肉体、新的语言，要去新生，要去做一个现代人，要在一具灵魂、一具肉体中真正占有真实，要——

武装起燃烧的忍耐，
将进入光辉的市镇。

兰波，这个时间和语言中的浪子，在《地狱一季》中完成了一次真正的流浪。“《地狱一季》表现出的活力如此强烈，使得作品依靠自身的力量解决了自身含有的一切矛盾。”（马尔加莱特·达维斯）

兰波努力要做到的是使自己成为“通灵者”。1871 年 5 月，他分别给自己的中学修辞教师乔治·伊桑巴尔和诗人朋友保罗·德梅尼写了一封信，着重谈了“通灵”问题，这就是著名的《通灵者信札》。

“通灵者”一词最早出现在《圣经》中，指接受神示、洞察自然、预卜未来的“先知”，但兰波的“通灵者”与“先知”是有区别的，一个是人本的，一个是神本的，一个指向内心，一个朝向上帝。

兰波说：“必须通灵，使自己成为通灵者。”“诗人通过自己全部官能长久、无限和有意识地放纵使自己成为通灵者。他探索各种形式的爱、苦痛、疯狂，吸干自己身上所有的毒素，仅保留其中的精髓。这是不可言喻的苦刑，其间他需要全部的信仰、全部超人的力量；其间他变成众人当中痛入膏肓的患者、大逆不道的罪人、被人诅咒的妖魔和最渊博的学者——因为他达到了未知！因为他耕耘了比别人丰富的灵魂！”

兰波认为，诗人是窃火者，他受人类的委托，甚至还有动物的委托。他应该让别人感觉、触摸、倾听他的发现。他必须找到一种语言，这种语言概括一切——香味、声音、色彩，是灵魂的灵魂。诗人必须创新，创造新的形式和新的思想。

在兰波看来，拉马丁、雨果、戈蒂耶等都通灵，波德莱尔是第一个通灵者，诗人之王。

兰波全部的作品创作于15岁至20岁之间，共有4集：《诗》、《新诗句和歌》、《地狱一季》和《彩图集》。1875年后，他突然停止了写作，开始了流浪、冒险、经商，“追着风的脚印”（保罗·魏尔伦），成为“一朵穿木屐的云”，从一个诗的浪子变成一个非诗的浪子——语言历险到世界性的疯狂漫游。

以后十几年中，兰波到过欧洲、亚洲和非洲三大洲的数十个地方，当过马戏团翻译、食品商的经纪人、采石场场主、商行职员、家庭教师、海员、雇佣兵、沙漠驼队领队，还向埃塞俄比亚国王贩卖过军火。1891年5月因右腿长肿瘤返回祖国，在马赛医院做了截肢手术。11月10日病逝于马赛，终年37岁。

作为诗人的兰波，早在他去世前就被流放到遗忘和沉默中去了。1879年，他的童年好友德拉阿依问他是否还钟情于诗歌，兰波回答说：“我早已不想它了。”1887年，兰波的一位老同学保尔·布尔德告诉他，他的散文和诗都已出版，他已成为“传奇式的人物”。兰波听后觉得说的是另一个人，与自己无关。有一张兰波三十多岁时的照片，留着两撇略显做作的小胡子，消瘦憔悴，脸上有种商人斤斤计较的表情。此时的兰波，与当年那个鹅蛋脸、栗色头发和湛蓝色眼睛的天使般的兰波已判若两人——诗的灵光已在他身上消失散尽。

从此我不再希求好运气，我自己就是好运气，

从此我不再抱怨，不再迟疑，什么也不需要，

消除了闷在屋里的晦气，放下了书本，摆脱了苛刻的责难，

我强壮满足，迈步走上大路。

——惠特曼

华尔特·惠特曼：人的高歌

华尔特·惠特曼（Walt Whitman，1819—1892）一生只写了一本诗集——《草叶集》。从1855年的初版到1892年的“临终版”，近40年中共出了9版，诗作也由最初的12首，调整并扩充到最后的401首。这是一个成长的精神实体，一部发展的个人史诗。

为什么要取名为《草叶集》呢？诗集中，惠特曼借助一个孩子的问话做出了回答：“我猜想它（草叶）是我性格的旗帜，由代表希望的碧绿色的物质所织成。”（《自我之歌》）惠特曼还认为草叶是神的手巾，一种故意抛下的芳香的赠礼和纪念品；或者草叶本身就是一个孩子，是植物所产生的婴孩；进而，草叶是一种统一的象形文字，在宽广的地方和狭窄的地方都一样发芽，在黑人和白人中一样地生长。对于惠特曼来说，草叶还是坟墓的未曾修剪的美丽头发，是众多说着话的舌头。

这个草叶的舌头要竭尽全力为新大陆、为新生的合众国歌唱。

“这支歌是傲慢的，它的语言和眼界，/跨越空间和时间的广大领域。”晚年的惠特曼如是说。而壮年的他则雄心勃勃地宣布：“把世界上所有的艺术和科学取来，我要用一枝草叶把它们击败！”

联想到那时年轻的、斗志昂扬的美利坚，繁茂众多的、无处不在的草叶正可视作民主、人民性和民族精神的象征——“草叶精神”推动惠特曼前进。

自从1492年哥伦布发现新大陆，美洲作为“欧洲乌托邦的一个突然呈现”（阿尔丰索·雷耶斯），到惠特曼时代只有300多年的历史，而1776年摆脱殖民而获独立的美利坚合众国则还乳臭未干。表现在文学上，欧洲的传统成为一个阴影，一个徘徊在新大陆上的幽灵。是惠特曼的歌唱，以高度个性化的诗篇以及口语、方言大胆引入的“语言尝试”，从新英格兰殖民文化的束缚下解放了美国文学。

如果说哥伦布用航船发现了新大陆，那么惠特曼则用诗歌发现了、歌唱了并预言了新大陆——他是文学上的哥伦布。

《草叶集》初版12首，印了1000册，大约是1855年的7月4日正式出版的。7月21日，惠特曼收到了大名鼎鼎的爱默生从康科德发来的一封热情洋溢的贺信，信中称赞《草叶集》“是美国至今所能提供的一部结合了才识与智慧的极不寻常的作品……我向你伟大事业的开端致敬”。而《纽约标准》《纽约时报》等报刊则大肆攻击、挖苦和嘲笑作者：“要不是由一只前世死于失恋的蠢驴的灵魂投生而来，他怎能想出这样无聊的脏话呢？”“我们这里出了一个什么样的半人半马的怪物在向世界发出侮蔑的嘶叫呀？”……

那么，《草叶集》究竟是怎么样一部作品呢？我认为，它首先是一曲人的高歌。诗集第一首《我歌唱一个人的自身》即点明了主旨，全诗如下——

> 我歌唱一个人的自身，一个单一的个别的人，
> 不过要用民主的这个词，全体这个词的声音。
>
> 我歌唱从头到脚的生理学，
> 不仅仅是外貌和脑子，整个形体更值得歌吟，
> 而且，与男性平等，我也歌唱女性。
>
> 我歌唱现代的人，
> 那情感、意向和能力上的巨大生命，
> 他愉快，能采取合乎神圣法则的最自由的行动。

惠特曼认为，对于一个人来说，没有什么东西比他自己更重大。在他笔下，个人——“我”，是一切可见的和不可见的东西的混合体，“我”作为已成就的事物的一个最高表现，在他身上包含着过去、现在和将要成就的事物——“世界就是我”。“我”又归入一个“全体”，这个字代表着一种永不消失的信仰。长达一千多行的《自我之歌》这样介绍自己——

> 华尔特·惠特曼，一个宇宙，曼哈顿的儿子，
> 粗暴、肥壮、多欲、吃着、喝着、生殖着，
> 不是一个感伤主义者，不高高站在男人

和女人的上面，或远离他们，

不谦逊也不放肆。

之后，“我”开始扩大了，成了一个无处不在的、无穷无尽的“我”——“我”就是你、他（她）、它。“我”是一个幼儿也是一个成人，是一个南方人也是一个北方人，是白人也是黑人，是冷淡而好客的农夫，是穿鹿皮护腿的猎人，是湖上、海上或岸边的船夫，是筏夫和背煤人的同志，一切酒宴上握手言欢的人的同志，是一个最朴拙的人的学生，一个最智慧的人的导师，是一个机械师、艺术家、绅士和水手，一个囚徒、梦想家、无赖、律师、医生和牧师。“我”甚至是动物：“北方的纤足鼠、门槛上的猫、美洲雀、山犬，/母豚乳房旁用力吮吸着鸣叫着的小猪群，/火鸡的幼雏和半张着翅膀的母鸡，/我看出，在它们身上和我自己身上有着同一的悠久的法则。”

在惠特曼身上，有一种明显的自我中心倾向——“不管你是谁，我也要将你拿来充满我自己”，但他是一个伟大的“自我中心狂”，因为他的自我中心是彻底开放的。这就像一个宇宙黑洞，拥有无限的能量，吸纳全部，包容一切，连光也无法逃逸，然后它爆炸、释放，辽阔广大，包罗万象，充满宇宙。作为新大陆上的一个精神的“黑洞”，惠特曼吸收了整个大地——更多是大地的而不是天空——的能量。

这种能量最终要落实到人身上去释放，于是惠特曼要情不自禁地歌唱肉体、女人、性爱，那么大胆、坦诚、热烈——

肉体：“我要写出我的肉体和不能永生的常人的诗歌，/因为我认为那时我才可以有我的灵魂和永生的诗歌。”(《自我之歌》)“肉体所做的事不是和灵魂所做的完全一样多么？/假使肉体不是灵魂，那么灵魂是什么呢？”“男人的肉体是圣洁的，女人的肉体也是圣洁的，/无论这个肉体是谁，它都是圣洁的。”(《我歌唱带电的肉体》)

女人：“这是女性的形体，/从它的头顶到脚踵都发射着神圣的灵光。妇女们都别害羞呀！你们的特权包括其余的一切，是其余一切的出路，/你们是肉体的大门，你们也是灵魂的大门。”(《我歌唱带电的肉体》)“妇女们坐着或是来回走着，有的年老，有的年轻，/年轻的很美丽——但年老的比年轻的更美丽。”(《美丽的妇女》)

性爱：“我，亚当之歌的吟唱者，/将我自己，将我的歌，置于性欲中。”(《连绵不绝的岁月不时回来》)“通过你们，我排干了我身上禁锢的河流，/我把将来的一千年存放在你们体内。”(《一个女人等着我》)

《草叶集》之美，来自美的血液、头脑和灵魂。它是“感情和体魄的叫喊”，是“民主和现代的叫喊”，不，它是呼唤，呼唤美国新大陆的民主、人道、自由、平等、博爱。当我们对形而上的玄想感到疲惫的时候，不妨降落到惠特曼歌唱的这片敦实厚重、生机盎然的大地上。

“华尔特·惠特曼是由作为人的惠特曼，作为神话的惠特曼，还有作为读者的惠特曼三者化合而成的。”(博尔赫斯)而他的作品，则是人类学、地理学、动物学、植物学、政治学、生理学、性学化合而成的庞杂整体——一部缤纷的百科全书，宏伟的宇宙交响，激昂的个人史诗。F. O. 马西森在《美国文艺复兴》一书中说《草叶集》的风格是“讲演、歌剧、海洋”，可谓一语中的。

大概一个诗人需要坏诗，否则无法衬托出好诗。《草叶集》也存在质量上参差不齐、语言啰唆、个别作品简单化、散文化等毛病，尤其是大量的铺垫、面面俱到的排比让人有点难以忍受，并不是每首诗都是无可挑剔的，但作为整体的《草叶集》接近了完美。在讲演、歌剧和海洋般的磅礴交响中，不完美的音符变成了微弱的几乎听不见的低吟。

惠特曼和《草叶集》的影响是巨大的。他曾在《从昂门诺夫开始》一诗中预言：“看哪，通过时间，将出现 / 我的无穷无尽的听众。”预言早已变成事实，惠特曼已成为年轻的美国文学的伟大传统，他的风格被卡尔·桑德堡、威廉·卡洛斯·威廉斯、艾伦·金斯堡等继承和发扬。

“华尔特·惠特曼是近代唯一一位没有与他面对的世界发生冲突的伟大诗人。他甚至连孤独感都没有，他的自言自语是宇宙的合唱。……美洲在惠特曼身上梦见了自己，因为，美洲本身就是一个梦，一个全新的创造。”（帕斯）另一个层面上的美洲通过惠特曼诞生了。

这个大陆巨子、浪漫主义者、民族发言人、预言家、精神导师、理想主义歌手、民主斗士、独身主义者、木匠之子，通过对人的不倦高唱，代表肉体和灵魂可以无愧地写下自己的名字：华尔特·惠特曼。

闪电是一把黄色的叉
在天空的餐桌上
手指不经意地跌落
这可怕的刀叉。

——狄金森

艾米莉·狄金森：交叉闪电

艾米莉·伊丽莎白·狄金森（Emily Elizabeth Dickinson，1830—1886）的诗句像刀叉，叉住了我的灵魂，当刀叉像闪电一样消失，疼痛、战栗和喜悦的快感仍留在那里，经久不散。

令人吃惊和不可思议的是，如此简洁风格的魔力和内心传达出的金属般的力量却诞生在一位柔弱女子身上。她，律师的女儿，小镇上的居民，独身的女隐士，害羞、胆小、其貌不扬，脸上长着雀斑，眼睛有点斜视，身穿一袭宁静的白衣，像一个诗行间漫步的幽灵——一个彻底献身诗歌的圣女！

狄金森在给牧师、《大西洋月刊》撰稿人托马斯·温特沃斯·希金森的信中描述了自己的肖像："我……个子矮小，像一只鷦鷯；我的头发蓬松，像栗子表面的粗毛；我的眼睛，如宾客留于杯中的雪利酒。"1870年，希金森去艾默斯特对狄金森进行了一次短暂的拜访，这次拜访几乎是失败的，因为狄金森的羞怯使两人无法交流。希金森记录了见到狄金森的情景："迈着孩子般急速的脚步，一个朴素的小妇人悄然而入，两绺平滑的红发，脸儿有点像圣女贝娜·让，朴素不过——相貌平平——穿一件极朴素极干净的白色凸纹布袍，蓝色的网状毛线披肩。她向我走来，手里捧着两枝百合，用孩子天真的神态将花放进我手中说，'这是我的引见'。她说话的声音柔和、胆怯而气喘吁吁。她还说，'原谅我，我很害怕，我从不见生人，真不知道该说什么'。"

这一年，狄金森40岁。在艾默斯特，马萨诸塞州康乃狄格河流域的一个普通小镇，一个仅有三千人口的农业村社，她度过了自己幽禁般的岁月。其间去华盛顿和费城各一次，以及两次去波士顿治疗眼疾，加上偶尔的野外散步，她在父亲的宅院里度过了自己的一生。从1855年开始，她足不出户，彻底隐居，不见生人，只与家庭成员和少数老朋友见面，只从窗户和窗帘后面看世界，并且只穿白色衣服。

用我们今天所谓"深入生活""体验生活"来要求狄金森是注定要失败的，也是得不到任何有启示意义的答案的。狄金森可以被看作是一个没有生活的人，至少是一个用减法生活的人——减去婚姻、社交、世俗的欢乐，而回归内心。但对她来说，生活无处不在，打开门窗、关上门窗都是生活——生活在"挑逗我明亮眼睛"的大自然，在呼吸的空气中，在死亡的预感中，在幽暗的房间里——生活，那种最高意义上的生活，是在内心——"一个波涛如此汹涌的地方"。

狄金森称赞过"家的伟力"，认为"家就是上帝的象征"，"围栏之内才是唯一的圣地"。1862年，她在给希金森的信中写道："当然，不论在什么地方，人都会被局限于某个范围之内；尽管囿于一地，辉煌的灵感也会降临。"在长年累月的思索和写作中，她找到了灵魂的喜悦——仅仅是生命本身就足以让她感到喜悦了。这种喜悦是"骨头里感觉到零"的喜悦，是"阳光使我的荒凉成为更新的荒凉"的喜悦，是内心暴风雨夜的喜悦，是灵魂含泪的喜悦。

"头脑，比天空辽阔/……比海洋更深/……和上帝相等。""救世主！我的分量有限/我带来的一颗心却十分宏伟。"在狄金森身上，内心的自由和自足压倒了生活的局限和残缺，不可抑制的才华绚烂了人间的贫乏暗淡，热烈的心跳呼应着自然的节奏、卑微事物的呼吸，狭窄的个人生活对应着宇宙的奥妙广大。在默默无闻的孤寂中，"慢慢地走，我的灵魂，去养育你自己"，从而，"灵魂允许自己/从有限进入无限"。

19世纪中叶的艾默斯特，是一个有着清教主义和超验主义色彩以及福音主义盛行的小镇，人们相信通过对三位一体的信仰，个人心灵的反省，对罪孽的坦白与忏悔，可以顺利通过"末日审判"而进入天堂。狄金森一辈子拒绝皈依宗教，她热爱上帝，但爱的不是教堂里的那一个，弥撒声中和牧师们指点的那一个。她对生命历程之后的景象感到敬畏，但她只是崇拜，不祈祷。她是孤独的，因为她是一个非教徒、一个叛逆、一个语言历险者。

在狄金森笔下，上帝是拟人化了的：上帝是远方一位高贵的恋人，一个在空中跺脚大呼小叫的人，一个游荡的闲人，一个爬过草莓弄脏了衣裳的孩子；上帝也是风的手指、一次日出、一道闪电。上帝不在教堂里，而是通过一座林园、一片草地、一道篱笆、一缕斜阳、一条小溪、一株槲寄生、一朵蓝玲花、二只红胸知更鸟或者一只青蛙、蝴蝶和蜜蜂，暗示并显现出来，上帝对人构成了一种——“神圣的伤害”。这种观点直接影响了她对天堂的看法：“我并不喜欢天堂 / 因为那里永远是礼拜的日子。”但与此同时，只要内心愿意，天堂又像近旁的住宅和枝头的苹果那么近：“到天堂的距离 / 像到那最近的房屋。”“天堂，为我难以企及 / 苹果，挂在树上 / 只要高不可即 / 对于我，就是天堂！”

狄金森对自然的观察细致入微，描绘生动传神，她曾如此惟妙惟肖地描写过一只小鸟，以至于使它获得了诗歌中的永恒形象：“一只小鸟沿小径走来 / 它不知道我在瞧 / 它把一条蚯蚓啄成两段 / 再把这家伙生着吃掉， / 然后从近旁的草叶上 / 吞饮下一颗露水珠 / 又向墙根，侧身一跳 / 给一只甲虫让路。”艾默斯特乡间小路上的散步，午后光景、山峦、松鼠、野蜂和阴影融汇的自然，是一个乐园，是与人心灵共鸣的和声，它的淳朴是人类的智慧所无法企及的，狄金森学会了用自然的尺度来衡量万物：“知更鸟是我评判乐曲的标准 / 因为我生长在知更鸟生长的地方”。但自然不是一个怀抱，一种归宿，作为一种象征、一个元素，它对人的心灵构成了压力和磨难，像阴影一样逼近——

> 预感，是伸长的阴影，落在草地——
> 表明一个个太阳在落下去——

通知吃惊的小草——

黑暗，就要来到——

这种简洁、凝练、敏感、不安的风格来自对自然、死亡、创造的长期沉思默想和勇敢的探索，是脆弱性和内心铁一样力量的同时体现。对于死亡，狄金森的视角十分独特，好像自己早已死过，并拥有了死后的目光来看待世界和个人——一种死后的立场。死就是开始，她在坟墓中“用僵硬的嘴努力”，作为一名为“美”献身的女子，与死于“真”的烈士在地下（泥土中）交谈……她写自己的葬礼：“正是去年此时，我死去。/我知道，我听见了玉蜀黍，/当我从农场的田野被抬过——/玉蜀黍的缨穗已经吐出——”我被搞得不安和恐惧了，我分明看到了不是活着的狄金森而是死去的她写下的诗句！这种恐惧像她写过的一只眼睛正盯着我、我们：“我看见一只濒死的眼睛/在房间里旋转不停！”

爱，常人之爱，世俗之爱，狄金森是奇缺的。尽管她先后对一位牧师、一位日报编辑和一位法官表达过爱慕之情，但总是戛然而止，只留下内心的一点惊涛。“爱的那点苦工/对我，已够繁重。”“我写完了爱的全部/词汇、字母/短篇，巨著/然后闭合启示录。”她把至高无上的爱献给了诗歌，因为诗歌才是她的上帝——她的宗教，她的内心圣地，她的启示录。她崇拜词语，把词语看作是不会死亡的、能够呼吸的肌肤。在词语构筑的花岗岩建筑中，她苦修、磨炼，像寂寞的蚌在贝壳中磨炼珍贵的珍珠——惊异的诗篇。“她将自己嫁给诗歌，而不是嫁给尘世的男人，因此她可以自由自在地编织她的文字，然后将它们缝在一起，创作出适合自己需求和希望的衣裳。”（贝蒂娜·克纳帕）

狄金森一生写了44卷1775首诗：但生前只发表过7首。她写道："发表，是拍卖 / 人的心灵—— / ……切不可使人的精神 / 蒙受价格的羞辱。”1886年5月15日，她死于肾炎，哥哥奥斯汀在死亡证明的职业一栏中写上“家居”二字。

“我将用我的头脑去冲击，在这个艰险不平的世界上开辟出一条道路。”（路易莎·M.奥尔科特）在狄金森，这种用头脑冲击的结果是造就并诞生了美国历史上最伟大的女诗人。她与惠特曼同样重要，而她对英语的贡献甚至超过了惠特曼，被一些评论家认为可以与莎士比亚媲美。

我早年的两位南方诗友都是狄金森的热爱者，分别写过献给她的诗篇——

律师的女儿在阳光普照的小镇
用手扶着宅邸的门框
她的年龄
在一次舞会上迅速发黑。暮色中
本地的马车载来
七首署名的诗……

——庞培《狄金森肖像》

在这个地球上，无论苔藓还是骗子，

没有谁比你更熟悉细节的奥秘。

……我甚至无法想象你奢侈、胆怯的孤寂

怎样蹑手蹑脚地使意义充满整个天空。

——潘维《致艾米莉·狄金森》

多少人爱你青春欢畅的时辰，

爱慕你的美丽，假意或真心，

只有一个人爱你那朝圣者的灵魂，

爱你衰老了的脸上痛苦的皱纹。

——叶　芝

威廉·巴特勒·叶芝：被拒绝的爱

在诗人身上，爱的激情与创造的激情总是成正比的。

“我23岁时，生活的烦恼开始了。”那一年，威廉•巴特勒•叶芝（William Butler Yeats，1865—1939）在都柏林首次与毛德•岗见面，便一见钟情，被她的美貌所倾倒，此后开始了折磨他一生的“爱的烦恼”。他在自传中回忆道：“我从来没想到会在一个活着的女人身上看到这样超凡的美。这样的美属于名画，属于诗，属于某个过去的传说时代。苹果花一样的肤色，脸庞和身体有着布莱克称为最高贵的轮廓之美，因为它从青春至老年很少改变，而体态如此绝妙，使她看上去非同凡俗。”1904年，叶芝以诗的方式回忆了这次见面，写到了自己是如何被丘比特之箭射中的——

我想着你的美——这一支箭
射入我的骨中，一种狂野思想做成的箭。

……我想哭那已过了季节的旧时的美。

——《箭》

叶芝的一生不断地追求毛德·岗，不断地向她求婚，但不断地遭到拒绝，他们的感情最终没有踏入婚姻的殿堂，却保持在友谊、精神恋和灵魂伴侣之中。作为“被拒绝”的“产物”，叶芝在一生的不同时期给毛德·岗写了大量的爱情诗，诗中把她比喻为女神、海伦、玫瑰、山鹰，脍炙人口的《当你老了》是其中最为感人的一首。

叶芝称毛德·岗是“朝圣者”，因为作为戏剧演员的她同时是爱尔兰独立运动的领导人之一，为民族独立进行了终生的斗争。而叶芝对毛德·岗的终生追求，也同样带着某种顶礼膜拜的朝圣性质，他爱她“青春的美丽”“眼神的柔和”，更爱她“衰老了的脸上痛苦的皱纹”，爱到如此，可谓爱得极致了，爱得彻底了。为了感动毛德·岗那颗“冷漠的心”，叶芝甚至想到了自残，有一次他去她那里，想把手放进火里烧坏后才拿开，但最终叶芝还是改变了主意——“我没有这样做不是因为怕疼而是怕变疯”。

叶芝与毛德·岗达到了某种精神意义上的结合，他们都热爱爱尔兰，为民族独立自治并肩战斗，但他们的思想和见解又有着很大的分歧。叶芝是一个温和的艺术家，在他身上更多地体现了“思”——沉思、创造、非暴力、人道主义；而毛德·岗则是一位激进的女斗士，在她身上更多地表现了“为”——革命、暴力、流血、行动，她为赦免政治犯、发动群众运动和慈善事业而四处奔波，倾注一生。叶芝是一个厌恶政治的人，虽然他曾出任过爱尔兰参议员（那是因为他的名望），他认为毛德·岗的政治是他的一个看得见的竞争对手，是他俩之间的“第三者”。有一次，毛德·岗为了与一只别人赠送的鹰玩，放弃了一次政治决策会议，叶芝为此甚感高兴。叶芝还十分不赞赏毛德·岗的“暴力革命”，他把她比作第二个海伦。古希腊美女海伦由于受特洛伊王子帕里斯引诱而私奔，引发了10年战争，最后古希腊联军攻陷了特洛伊，使特洛伊成为一座大火之城、废墟之城。叶芝在毛德·岗的美中看到了海伦式的可怕前景而深感不安，他既赞美她的“高贵，纯净如火焰”“如强弓绷紧的美”以及“深远、孤独又清高”，又责备地写道：“啊，这般天性，又怎能希望她改换？/难道还有一个特洛伊供她焚烧？”（《没有第二个特洛伊》）。在著名的《丽达与天鹅》中，众神之王宙斯化身为天鹅对凡间女子丽达进行了一次“毛茸茸的光荣”的袭击而诞生了海伦——一种可怕的美：“腰肢猛一颤动，于是那里就产生/残破的墙垣、燃烧的屋顶和塔巅。”这首诗的灵感很可能来自毛德·岗。

最使叶芝不可理解的是，毛德·岗嫁给了他所鄙视的约翰·麦克布莱德少校，叶芝曾称他是一个“粗鄙的好虚荣的酒鬼”。毛德·岗结婚的消息对叶芝构成了巨大的打击，他在一首诗中觉得青春热血和爱都被勾销了，心里感到了冬天般的彻骨寒冷——

突然我看见寒冷的、为白嘴鸦愉悦的天穹，

那似乎是冰在焚化，而又显现更多的冰。

——《寒冰的天穹》

毛德·岗的婚姻并不美满，最终以离异而告终。离婚后，叶芝又多次向她求婚，但均遭拒绝。1917年，饱尝了爱之磨难的叶芝转而向毛德·岗的女儿伊莎贝尔求婚，也遭拒绝，于是他娶了乔治·海德·利斯。但叶芝与毛德·岗的友谊保持终生，没有改变。

叶芝写给毛德·岗的情书不像人们想象的那么火热、疯狂，相反的，却显得平静、克制，有的甚至有点枯燥乏味，带点公文式的就事论事，这可能源于他的教养和性格中的节制。叶芝晚年写给毛德·岗的信无非是邀请她来参加聚会、喝喝茶、聊聊天之类，但可以看出仍是旧情难忘。1938年8月22日叶芝写了一封信，这是保存至今的叶芝写给毛德·岗的最后一封信，信的全文如下："我亲爱的毛德，我想请你和你的朋友来我这儿喝茶，星期五下午4点半，4点或稍晚些会有车去接你们的。我一直想见你，但——"破折号后没有说出的是百般的无奈、爱的苦涩和克制着的一往情深。

拜伦曾在《唐璜》中发问："要是劳拉嫁给了彼特拉克/他还会写一辈子爱情诗歌？"我们同样可以一问：要是毛德·岗嫁给了叶芝，叶芝还会是我们现在看到的叶芝吗？

毛德·岗作为一种"不可能"，激励和造就了诗人叶芝，否则他可能会"把可怜的词语扔开，而满足于去生活"（《词语》）。他写作，直到白发苍苍，直到把思想锤炼统一并推向惊人的高度，某种程度上是为了“在一面镜子里映进她身体的姿态”（《一个为荷马咏唱的女人》）。“太长久的牺牲 / 能把心变为一块岩石”（《1916 年复活节》），叶芝却把心变成了诗歌的岩石，和岩石构成的宏伟建筑。

毛德·岗晚年给叶芝写信说，世界最终会因为她没有嫁给他而感谢她的。能从如此超越的高度来理解爱情，毛德·岗的确是一位不凡的女性——她没有去得到作为丈夫的叶芝，世界却得到了作为诗人的叶芝。

叶芝留给我们的大笔遗产包括抒情诗、诗剧、随笔、文论、书信、日记、自传、回忆录等。他认为“诗人不是站在神圣的庙堂里，而是生活在包围庙堂大门的旋风之中，因此他有可能受到宽恕”。他反复强调“把你的思想锤炼统一”，并身体力行、孜孜以求。他渴望一种思想系统，建立起了完整的象征主义理论体系，使自己的想象可以进行随心所欲地创造，并使创造的成果成为历史的一部分。

叶芝的诗，抒情、唯美、高贵。他既保持了诗人的高贵气质，又维系了与时代和人民的血肉相连——既迷恋拜占庭文化，又研究古老神话、民间传说、巫术和泛灵论，汲取它们的精华，在诗中融会贯通，整合出独特性。

叶芝是戏剧家协会主席、剧院经理、参议员和文学博士，是爱尔兰文艺复兴运动的中坚人物。他是英语诗歌的一座高峰，经历了晚期浪漫主义、唯美主义、象征主义而进入现代主义。他超越了流派，也超越了时代。

叶芝因“那种永远充满灵感的诗歌，它们通过高度艺术的形式展现了整个民族的精神”而获得1923年诺贝尔文学奖。他的一生是不倦的创造活力的象征，他是一个不断走向年轻的艺术探险家，有他的墓志铭为证——

对生活，对死亡，
冷冷看上一眼，
骑士呵，向前！

正像果实融化而成了快慰，

正像它把消失换成了甘美

就凭它在一张嘴里的形体消亡，

我在此吸吮着我的未来的烟云，

而青天对我枯了形容的灵魂

歌唱着有形的涯岸变成了繁响。

——瓦雷里

保尔·瓦雷里：智力的节日

保尔·瓦雷里（Paul Valery，1871—1945）生于海滨，葬于海滨。法国南部的塞特，一座濒临地中海的渔港，是瓦雷里的故乡，大海、阳光带着神秘、虚幻和强力一再进入他的诗歌。《海滨墓园》是这样开头的——

这片平静的房顶上有白鸽荡漾，
它透过松林和坟丛，悸动而闪亮。
公正的“中午”在那里用火焰织成
大海，大海啊永远在重新开始！
多好的酬劳啊，经过了一番深思，
终得以放眼远眺神明的宁静！

最后两句后来刻上了墓碑，成为瓦雷里的墓志铭。

《海滨墓园》可视作是瓦雷里的“精神自传”和“灵魂独白”。题铭引用品达罗斯的诗句点明了诗歌表达的主题：“亲爱的灵魂，别去追求不朽，而要穷尽可能的领域。”瓦雷里将大海比作“房顶”，将船帆比作“白鸽”，开篇就极富新意，而从墓园的视角所看到的“悸动而闪亮”的大海，与其说是早年生活难忘的记忆，还不如说已上升为诗意的象征——大海是一个舞台，展开生与死、黑暗与光明、伟大与渺小的较量，并适合去沉思存在与虚无、短暂与永恒、自我与非我的主题。诗人追求完美，渴望不朽，同时又肯定消失、虚无和死亡的意义，一颗徘徊、苦恼、不安的灵魂似乎无法得到真正的解脱（所以伊夫·博纳富瓦说瓦雷里的诗歌有一种“迷乱的力量”），只有投身“不断的未来”和大海“咸味的力”才可能获得新生。在瓦雷里身上，有一种绚丽多彩的幻觉能力，有一种心灵驾驭万物的出色才能，他将音乐的形式和舞蹈的节奏注入诗中，使同一主题产生丰富的演绎，使矛盾在不可避免的冲突后趋于和谐，并驶向澄明之境。

在大海与墓园之间，在永不疲倦的运动与宁静的死亡之间，瓦雷里肯定了生命的意义和人的胜利。让我们来看看《海滨墓园》同样激动人心的结尾——

风起了！……必须去走人生之路！
浩浩长风开合着我的书页，
轰然巨浪肆无忌惮地在山岩纷崩！
快把这些令人目眩的书页卷走！
劈裂吧，海浪！用你欣喜若狂的巨澜
将这白帆啄食的平静屋顶劈散！

写出像《海滨墓园》这样不朽之作的瓦雷里，曾不可思议地放弃诗歌，沉默了二十多年。

危机始于1892年10月热那亚的一个狂风暴雨之夜。当时，瓦雷里正与家人在那里度假，“热那亚，白色的房间。墙壁上涂着白灰，无疑这是一个古老的房间……这夜狂雨大作，猛得怕人。我坐在床头，度过不眠之夜，每一个电闪都将房间照得通明耀眼，我的脑海里翻腾着对自己命运的浮想。我处于我与非我之间，忍受着巨大的痛苦……”在这个不眠之夜，瓦雷里一定尝到了闪电的可怕、虚无的力量和意义的毁灭。于是他决定放弃诗歌和爱情，献身纯粹无私的知识和形而上的冥想。这种智力幻想和精神修炼支持了他的哲学：“我的全部哲学，仅在于操练我的精神，而且首先、最后都是进行这种操练。”1894年，瓦雷里定居巴黎，住在盖·鲁萨克街的一家小旅馆里，唯一的家具似乎只有一块小黑板。——他整天数小时对着它，把自己埋在一大堆图画、数字、符号和方程式里，绞尽脑汁要去解决一些形而上的难题。这期间，他写过一篇著名的散文《与台斯特先生夜叙》，被取消了姿态、表情、声调等一切可视特征以及记忆、想象、激情等内心特点的台斯特先生，成为精神的逻辑运动的化身，也可视作这一时期瓦雷里的精神肖像。他始终保持了一种“练习”的习惯，晚年甚至还想把自己那些杰出的作品冠以“习作”之名。“热亚那危机”之后的50年中，他一共写了257本笔记，记录了他在文学、建筑、数学、物理、音乐、舞蹈、绘画等广泛领域的思考和研究。所以，他的好友安德烈·纪德认为，瓦雷里二十多年的沉默不是放弃，“他那表面上的放弃里隐藏着不可测的雄心”。

这一“雄心”终于有了爆发之日。“我将自己的青春复活起来，怀着惊诧写起了诗章。”1912年，受纪德和出版家斯东·伽里玛之约，瓦雷里将自己青年时代的诗作结集为《旧诗谱》计划出版，并打算写一首三十多行的短诗作为结束语，但一写就进入了状态，到1917年完稿时，竟成了一首512行的长诗，即《年轻命运女神》，这也是瓦雷里一生中写过的最长的一首诗。此后，瓦雷里一发而不可收，陆续写出了《皮提亚》《蛇的草图》《海滨墓园》等重要诗作，并结集为《幻美集》。1921年，《知识》杂志举办“当代七星诗人”评选活动，瓦雷里以3000多张选票当选为“当代最大诗人”，无可争议地成为法国诗坛领袖。

作为马拉美最伟大的弟子，瓦雷里继承了马拉美的诗学观点，提出了“纯诗”理论。“我说纯，意义如同物理学家说纯水一样。我想说的是，问题的提出是要知道，能否创造出一部这样的作品，它排除了一切非诗意的因素。我一直这样认为，而且依然这样认为：这是一个难以企及的目标。诗，永远是企图向着这一纯理想状态的努力。”（《一次讲演的札记》）瓦雷里称“纯诗”是“绝对的诗”，正因为绝对，它是有巨大难度的，是理想的、几乎不可能的——瓦雷里并不认为自己写出了“纯诗”，他说：“纯诗的概念是一种不能接受的概念，是一种欲望的理想范围，又是诗人的努力和强力所在……”但是，向着“纯诗”的努力是可能的，道路依然是存在的。瓦雷里把“纯诗”定义为“浓缩在观察中的幻想”，他接着说：“纯诗只是处于无限中的一种极限，是语言美的强力的一种理想……但它却是向着纯粹作品迈进的一个重要方向，了解这一点很重要：所有的诗都趋向成为某种绝对的诗……”这样，瓦雷里与马拉美“世界的存在是为了成就一本书”不谋而合，并更进了一步，碰触了“绝对”这一秘密。

在“纯诗”的主张下，瓦雷里选择了高难度的写作，而拒绝一切不痛不痒的轻松的写作。写诗，成为他精神操练的一部分。他认为“一首诗应该是一个智力的节日”，同时强调“世界事物只有在智力的关系下才令我感兴趣”，“任何真正的诗人都善于正确的逻辑推理和抽象思维，他的这种能力远远超过了一般的估量”。正基于此，瓦雷里肯定智慧、意志、孤独、高傲，蔑视感官、情欲、琐屑、忧虑：“智慧逃避着爱情，/犹如牲畜跳出火坑。”（《智慧》）“我蔑视感官、邪恶和女人，/灵魂深处回忆着，/光明……声音和美的绚丽纷呈。”（《孤独》）他甚至极端地认为：“情感和色情是一对孪生的姊妹，这是我所不齿的。”瓦雷里似乎只愿意陶醉在他的智力幻想中，无限地品味智慧的芬芳——

正如那沉思的思想家
消耗了灵魂
却使思想变得辉煌丰富！
——《棕榈树》

我们看到了两个瓦雷里，一个伏案写作，另一个在旁边观察和监视。在《一个诗人的笔记》中，瓦雷里说：“我总是一面作诗，一面观察我自己怎样作诗。”“任何真正的诗人必须同时是第一流的批评家。”由此我们不难理解瓦雷里内省、自觉、纯粹的风格，睿智、清醒的观点，和在诗艺上的精益求精。杰出诗人身上总能诞生一个自我审视者和自我批评者。他一生只写了四十多首诗，但其影响之大不是那些以量取胜的人能相比的。

“瓦雷里是无限敏捷，但同时又无限踌躇的象征；瓦雷里成功地表现了脑海里的迷宫，他是欧洲及其柔美黄昏的象征。”（博尔赫斯《瓦雷里作为象征》）

瓦雷里同时代的美学家阿兰记录了他眼中的诗人：“我将之与石狮子相比拟，这位身材短小的人，具有一副专注和轻蔑的头脑……一双炯炯有神的大眼睛像两颗宝石，拒绝着琐屑之物，在轻眨漫顾之间便幻映出某种境界，它们望彻千里之外，又将种种关系尽收眼底。”瓦雷里以他强有力的形象和杰出的贡献跨越了两个世纪，成为“象征主义的最后圣火”（安德烈·布勒东）。

谁此时没有房子，就不必建造，

谁此时孤独，就永远孤独，

就醒来，读书，写长长的信，

在林荫路上不停地

徘徊，落叶纷飞。

——里尔克

勒内·马里亚·里尔克：何处是居处

“玫瑰，呵，纯粹的矛盾，乐意在这么多眼睑下做前无古人后无来者的睡梦。”1926年12月29日，勒内·马里亚·里尔克（Rainer Maria Rilke，1875—1926）因白血病在日内瓦湖畔的瓦尔蒙疗养院去世，四天后安葬于瓦莱的拉罗涅教堂墓园，陪伴他的是上面这句诗人自撰的墓志铭。

据说，诗人在发病前为一位少女采摘玫瑰时扎了一下手，这一扎却成了致命伤，加速夺去了诗人的生命。这一说法包含了人们对诗人一生完美性的期许和要求。

瑞士是里尔克最后选择的第二故乡（“自选故乡”）。这里的崇山峻岭和幽静环境正好用来安放诗人的遗骨，这位忠实体现罗丹“永远工作”号召和实现了“从诚恳到伟大”行动箴言的大师终于可以在此安息了。

艾略特说：“家是人出发的地方。”（《四个四重奏》）里尔克出生在布拉格，但奥地利不是他真正意义上的故乡。在他心目中，所谓故乡指的是一种堪称楷模的、标准的环境，以相应的客观物体与内心世界的所有方面相抗衡的环境。而无故乡、无故园的感觉使他内心不安，使他在尘世无名地孤单，使他不断地发出询问——

何处，呵，何处才是居处……？

——《杜依诺哀歌》第五歌

“我不能有小屋，不能安居，我要做的就是漫游和等待。”里尔克还说：“为了在艺术上真正起步，我只得和家庭、和故乡的环境决裂……只有在第二故乡才能检验自己性格的强度和载力。”（《我认出风暴而激动如大海》）所以他一生漂泊，寻找自己的第二故乡。他世界性的漫游到过法国、俄国、意大利、丹麦、瑞典、比利时、西班牙、埃及、突尼斯等数不胜数的地方。一战期间的四年中，他曾在 50 个地方作过或长或短的逗留！

这一狂热的“旅行癖好”有着深沉的内心需求。按照海德格尔的说法，人居住在一个四重性结构中，即：大地、天空、神圣者、短暂者。人作为短暂者，在宇宙中的孤独是无边无际的，人是无家可归的。“呵，无家可归的永恒性 / 夜宿在我野性的心房。”（《杜依诺哀歌》）漂泊、漫游、吟唱，是为了找到安妥灵魂的精神家园，是为了实现荷尔德林意义上的“诗意地栖居”。

里尔克早就看到了这一点，人在本质上没有故乡，人是孤儿兼浪子。所以《新约·路加福音》中浪子出走和浪子还乡的故事使里尔克很感兴趣。浪子是被神抛弃的人的象征，他的出走是徒劳的，他的爱加剧了与所爱事物的分离，他的形象包含着“独自承担全人类的悲惨”的深刻意蕴。里尔克在他的诗歌和小说中描写了浪子的孤独无援和生存的凄凉，并试图为浪子寻找一条出路——

> 我的旧家具放在仓库里都腐烂了，而我自己，啊，我的上帝，我的头上没有屋顶，雨落在我的眼里。
>
> ——《马尔特·劳里兹·布里格随笔》

> 于是告别：到哪儿去？到不可知处，
> 于是告别：为什么？……
> 难道这是一种新生活的入口？
>
> ——《浪子出走》

作为沉思者和心灵诗人的里尔克以他浪子形象的一面呼应了《圣经》中的浪子。这位伟大的现代浪子，是一位自我放逐者，背井离乡的苦吟者，嚣闹尘世中孤独感的守卫者，“永远工作”的实践者。

俄国率先满足了里尔克对“第二故乡”的向往和渴求。

俄国是通过一位杰出女性向他敞开的。她就是露·萨洛美，一位生于彼得堡，“将俄国与自己天性熔为一炉”的妇女，她同时是尼采、弗洛伊德的女友。他们相识于1897年，时年里尔克22岁，萨洛美36岁，他们间真诚的如双星交辉的友谊一直持续到诗人辞别尘世。

里尔克有过两次俄国之行。第一次是1899年春，与萨洛美夫妇结伴，拜访了列夫·托尔斯泰和画家埃里亚·列宾。第二次始于1900年夏，长达三个多月，这次只有他和萨洛美两个人，他“大踏步地接近俄国的心脏，侧耳谛听它的跳动”。1903年他在致萨洛美的信中宣布：“我赖以生活的那些伟大和神秘的保证之一就是：俄国是我的故乡。”俄罗斯精神与里尔克的灵魂有过神秘的结合。在里尔克眼中，俄国是“故乡和苍天”，是雪原、辽阔和寒风，是托尔斯泰、契诃夫、陀斯妥耶夫斯基的大地，是成长和忍受，是永不熄灭的精神圣火。“俄罗斯人以数不胜数的例子向我表明，即使那种始终迫使一切反抗力量甘拜下风的奴役和苦难都不一定能导致精神的灭亡。”俄国以启示录的方式，向里尔克展现了“人类故乡”亲切、人道和神圣的总和。

直到1922年，当里尔克在慕佐城堡写作《献给奥尔甫斯的十四行诗》时，俄国仍像一个神话和情结，使他魂牵梦萦。第一部分第20首，俄国化身为一匹白马、一则传奇、一个图像，潜入他的内心——

……我回忆春季的一天，
在晚上，在俄罗斯——，一匹马……
一匹白马独自跑出村来，
要在草原上单独过夜，
它前腿上拖着一根木桩，
想要扬蹄飞奔，却受到粗暴的阻碍。

于是白马以傲慢任性的节拍
甩动着脖子上的长鬃。
骏马的热血在汹涌澎湃！

它感觉到了无边的辽阔！
它歌唱，聆听——，你的传奇
在它体内渐渐合拢……

在写出诗集《图像集》《祈祷书》《新诗集》《新诗续集》，长篇小说《马尔特·劳里兹·布里格随笔》等重要作品后，里尔克创作的巅峰状态还没有真正来临。他一如既往地漂泊，漫游，在夫人们的庇护下，从一个城堡到另一个城堡，幽居，隐修，默默地期待，与众多优秀女性建立起令人羡慕的友谊。1921 年 6 月，他在瑞士瓦莱漫游时，发现了慕佐城堡，本能告诉他，这是他新的避风港和栖息地。

在瑞士层峦叠嶂的茫茫群山深处，里尔克迎领了某种神示和恩典——狂飙般的创作高潮铺天盖地袭击了慕佐城堡中的诗人："这是一股无以名状的狂飙，是精神中的一阵飓风，我身上所有的纤维，所有的组织都咔咔地断裂了——根本想不到吃饭，天知道是谁养活了我。"（《致塔克席斯侯爵夫人的信》）在一种迷狂的写作状态中，两部现代主义的扛鼎之作终于呱呱坠地。始写于 1912 年的《杜依诺哀歌》历时 10 年终于杀青，共 10 首；《献给奥尔甫斯的十四行诗》像一个伴随的"孪生子"，55 首几乎一气呵成。

哀歌是对生命、死亡、苦难、历史的系统探讨，通过神祇的宇宙幻觉，里尔克向时空永恒秩序中的天使祈求一种完美的意识、超强的实在和存在的真谛，而十四行诗中的奥尔甫斯，则是超越生死的宇宙放声歌唱的救世主，是艺术表现的终极象征。里尔克后来与友人谈道："我觉得这确实是天恩浩荡：我一口气鼓起了两张风帆，一张是小巧的玫瑰色帆——十四行诗，另一张是巨大的白帆——哀歌。"这两部作品是里尔克一生探索的总结。

值得一提和十分巧合的是，1922 年还诞生了瓦雷里的《幻美集》、艾略特的《荒原》、乔伊斯的《尤利西斯》，这的确是西方文学史上的一个"现代主义年"。

有关里尔克的传记和回忆录汗牛充栋，著述者包括他的朋友、情人、研究者、崇拜者。这当中，德国诗人汉斯·埃贡·霍尔特胡森的《里尔克》是十分精彩的一本。霍尔特胡森写道："这位没有故乡的诗人通过以感觉的烈焰点燃自己，通过他称之为'紧密'的东西从虚无之中创造出一个故乡。从此以后，他的诗意世界成了不计其数的读者精神上的故乡。"

"何处，呵，何处才是居处……"里尔克用他的一生做出了令人信服的回答，他的完美性可以成为所有诗人的一把尺子。在世界诗歌史上，很难找出比他更虔诚、更表里统一、更彻底献身艺术的诗人了。当这样的诗人发言的时候，我们应该记住受到里尔克谆谆教诲的青年诗人弗兰斯·卡卜斯（里尔克给他写过《给一个青年诗人的十封信》）说过的话："一个伟大的人、旷百世而一遇的人说话的地方，小人物必须沉默。"

请给我写下这句话，当我过完这一生：

“他早在成名之前，便已厌倦了名声。”

——庞　德

埃兹拉·庞德：诗歌的金字塔

意大利。比萨郊外劳改培训中心。

一位红胡子诗人坐在一个几乎露天的大铁笼里，有时读几段孔子的语录陷入沉思，有时整理整理蓬乱的胡子，大部分时间则静坐，望着尘土飞扬的大路上的行人、吉普车或者偶尔走过的一头白牛，望着一群燕子停在铁丝上——他把它们比喻成乐谱上的音符……

他就是大名鼎鼎的美国诗人埃兹拉·庞德（Ezra Pound，1885—1972）。

在此之前，他在罗马发表了一百多次广播演讲，公开吹捧墨索里尼法西斯式主义，抨击罗斯福总统和美国政府。1945年5月3日，他在意大利拉巴洛的家中被反法西斯游击队和美国武装警察逮捕，以叛国罪投入狱中。起先关在一个大铁笼里（庞德称它为“猩猩笼子”），几周后因为健康原因搬到医疗区，住进了一个金字塔状的帐篷，一直到这一年的秋天。

在比萨监狱的帐篷里，庞德除了研读随身携

带的上海商务印书馆出版的“四书”（尤其是《论语》，庞德后来说是这本“圣经”救了他，使他免于精神崩溃），主要精力用来写作《比萨诗章》。这是他 1915 年开始动笔的鸿篇巨制《诗章》的一部分（第 74 章至第 84 章），也被公认为是其中最精彩最出色的部分。

囚禁没有妨碍诗人的创造力，帐篷成了想象力驰骋的天空：“灵魂的美妙夜晚来自帐篷中，泰山下……”庞德把比萨监狱附近的一座小山比作中国的圣山——泰山。《比萨诗章》的结尾，他再次写到这座金字塔状的帐篷——

倘若白霜揪住你的帐篷
夜消逝时你应当感谢

庞德出生于美国爱达荷州海莱市，毕业于宾夕法尼亚大学。他厌恶美国式的资本主义，向往大西洋的彼岸——欧洲。在他眼中，“欧洲是一个震撼”，是所有背井离乡的艺术家们的故乡。大学毕业后，他搭乘一艘运载牲口的船到了欧洲，在游历了西班牙、意大利和法国后，于 1908 年来到伦敦，用自己的第一本诗集《灯光熄灭之时》作为献给英国文学界的见面礼。

在伦敦，庞德与叶芝、艾略特、休姆等人结识。他的诗歌写作突飞猛进，由于他出众的才华再加上专制性格的魅力，很快就成为文坛中坚和领袖。这一时期，作为诗歌活动家的庞德的名望甚至超过了诗人庞德的影响。

他不知疲倦地致力于建立文学新秩序，是一个大胆的诗歌革新者、论战先锋和改变文学信仰的布道者。1913 年他提出了著名的意象主义三点纲领：直接处理无论是主观还是客观的“事物”；绝对不用任何无助于呈现的词；诗歌的节奏要依照音乐的旋律，而不是依照节拍器的机械重复。这一纲领影响了大批诗人，推动英美诗歌从后期维多利亚风格向现代主义转变。他本人的创作实践也忠实体现了这一主张。《地铁车站》一诗只有短短的两行，被誉为意象派的压卷之作——

> 人群中这些面孔幽灵一般显现；
> 湿漉漉的黑色枝条上的许多花瓣。

意象叠加的手法使这首诗如日本俳句和中国古诗般精妙绝伦，在瞬间中表现了理智与情感的突然解放，在诗歌质地上达到了庞德自己所要求的“光线硬朗，轮廓清晰”。

当意象主义趋向于流行的平淡和“感伤化”，庞德当即抛弃了意象主义，提出了更加极端的“旋涡主义”。“旋涡是极力之点，它代表着机械上的最大动率。……一切动量，由过去传送给我们的。种族、种族的记忆、本能冲击着平静、尚未充电的未来。对未来的设计紧抓在人类旋涡的手中。”（《旋涡》）庞德要求诗人们采用更加有力、有运动感的意象，把诗歌写得如“旋涡”一样生机勃勃。

庞德是一个诲人不倦的大师。他独具慧眼，是一个诗歌伯乐，无私地奖掖、提携和帮助了不少作家诗人。他担任过叶芝的秘书，使叶芝摆脱了早期的抽象和晦涩，走向清晰、具体、准确的现代主义。他大刀阔斧地删减艾略特的《荒原》，艾略特在《荒原》扉页写下感谢的献辞："献给埃兹拉·庞德——最卓越的匠人。"他首先发现了当时还默默无闻的乔伊斯，帮助他发表了《一个青年艺术家的画像》和《尤利西斯》。他还参与过对海明威的文学训练。

庞德作为一个卓越诗歌活动家的表现还在于：主编和参与编辑了《诗刊》《小评论》《日晷》《流亡者》《爆炸》等重要杂志。据统计，当时大西洋两岸文坛至少有五十多种杂志受过庞德影响。

在创作上，《诗章》无疑是庞德的巅峰——一座诗歌金字塔。

庞德在"欧洲的震撼"中体验了"欧洲的悲剧"，目睹了人类语言和社会生活的双重衰退，认为经济制度是一切腐败的根源，私人高利贷则是恶中之恶。在《诗章》这个"欢乐与憎恶的混合体"中，庞德猛烈抨击物质主义、资本、银行家和犹太高利贷者，大量引入经济学理论，各种历史文献、法律文本，他要做到的不是写出一个天堂，而是提供一份末日启示录。这就使这首雄心勃勃的史诗不是向壁虚构之作，而是直面困境，指向当代，拥有厚重的历史价值。

庞德说过"诗人是种族的触角""史诗是包含历史的诗篇"。在《诗章》里，庞德把历史当作自己的领域，并在其中高屋建瓴。他在个人感觉中体现全面的历史知识，现在时间和过去时间融为一体（正如他所说"所有的时代都是同一时代"），空间也不断地跳跃、相互渗透。从原始时代到当代，从欧洲到亚非拉，从古希腊到尧舜孔孟的中国，庞德借助渊博的知识和凌空展翅的想象，进行了一次次的时空大跨越；用破碎性的艺术手法，将古希腊语、拉丁语、中世纪普罗旺斯语、法语、意大利语和汉语频频引入诗中。他的目的不是显耀自己的博学、向读者提供一份“大杂烩”，而是整合、浓缩人类文明史，提炼出警示的精髓，在世界文化的语境里表达个人情感的汹涌澎湃。

值得一提的是庞德在《诗章》中表现出来的对中国文化的迷恋和向往。他心目中的中国是一个理想的乌托邦，是衡量西方的一个文化标准。他试图将中国孔孟伦理与西方人文主义结合起来，用“日日新”（《大学》）去遏制和扭转西方文化的衰落趋势。他十分推崇孔子：“献给国家的礼物莫过于 / 孔子的悟性 / 名叫仲尼的人 / 述而不作典集。”《比萨诗章》）他对中国的赞美近乎夸耀：“整个意大利你连一盘中国菜都买不到 / 这就要完蛋啦。”《比萨诗章》）他希望中国成为不落的花朵：“杏花 / 从东方吹到西方 / 我一直努力不让它凋落。”（《孔子诗章》）汉语的表意性和象征性在庞德看来就是诗歌本身。有人统计过，仅《比萨诗章》中就出现了 39 个书法汉字，引用“四书”36 次。此外庞德用英语和意大利语翻译过《诗经》和“四书”中的《论语》《大学》《中庸》，为中国文学在世界的传播立下了大功。“《诗章》仿佛是一只放在轮船床铺下的皮箱，里面塞满了一位周游世界者的种种纪念品。”（丹尼尔·霍夫曼）来自中国的纪念品无疑最为珍贵。

《诗章》共 117 章。这首洋溢着力量、气魄、美、热忱和创新的史诗最终没有完工。当庞德像一只孤独的蚂蚁爬离崩塌的蚁山一样爬离欧洲的残骸时，他已经老了，他看到的时间是罪恶，看到的美是困难，看到的生活是恐惧。一种悲观和沮丧的情绪控制了他，中国式的“日日新”成了一个梦想，他给了

《诗章》这样一个结尾——

我与世界争斗时
　　失去了我的中心……
一个个梦想碰得粉碎——
　　撒得到处都是——
而我曾试图建立一个地上的
　　乐园。

在比萨监狱度过1945年的夏天和秋天后，庞德被押回美国，关在华盛顿市圣伊丽莎白精神病院长达12年。后经艾略特、弗罗斯特、海明威等人多方呼吁、营救，才得以获释。获释后庞德回到意大利，度过了生命的最后岁月，1972年在威尼斯去世。

庞德是一个复杂的诗人。他在与美国诗人唐纳德·霍尔谈话时说："朋友们的邪恶无关紧要，我只对他们的才华感兴趣。"但庞德的"邪恶"——政治上的糊涂虫行为，以及恶毒的反犹太主义和对法西斯主义的赞美，显然是不可饶恕的。他的《诗章》，既被戴维·珀金斯誉为与艾略特《四个四重奏》并列的"现代派诗歌中最伟大的长诗"，又被查尔斯·伯恩斯坦称作"在神圣、邪恶与平庸之间发生的一场争斗之后留下的伤痕累累的遗体——一个因其损伤而美丽，因其标榜真知而丑恶的文本"。

为了最终理解你所不理解的，

你必须经历一条愚昧无知的道路。

为了占有你从未占有的东西，

你必须经历被剥夺的道路。

为了达到你现在所不在的名位，

你必须经历那条你不在其中的道路。

——艾略特

T.S.艾略特：荒原先驱

T. S. 艾略特（T. S. Eliot，1888—1965）在生活中无疑属于严肃拘谨得有点过分的一类，他用诗歌的方式描写过自己的形象："他的容貌是副教士气派，/他的额角肃穆严峻，/他的嘴巴一本正经。"（《为库斯库喀拉威和密查·莫拉德·阿里·贝格写的诗行》）他同时声明："政治上，我是个保皇党；宗教上，我是英国教徒；文学上，我是古典主义者。"（《论兰斯洛特·安德鲁斯》序言）然而这些并没有妨碍他成为现代主义一个披荆斩棘的先驱，并以这一理由获得1948年诺贝尔文学奖，赢得世界性声誉。

他是英国移民的后代，出生于美国密苏里州圣路易市。先后在哈佛大学、巴黎大学、牛津大学、默登学院接受教育。定居英国后，他当过教师、银行职员、出版社编辑，主编过影响很大的《准则》杂志。1927年加入英国国籍。他一生结过两次婚，与秘书法莱丽的婚姻使他在个人生活中找到了幸福，这时"出现了一个微笑着的、有一双明亮眼睛的艾略特形象，带着一副童年拍照时的表情”（彼得·阿克罗伊德《艾略特传》）。晚年的艾略特常说，他一生只经历过两个幸福时期——童年时代和第二次婚姻。

艾略特的诗歌创作可分为三个时期：前荒原、荒原和后荒原，分别以《杰·阿尔弗莱特·普鲁弗洛克的情歌》、《荒原》和《四个四重奏》三大里程碑式的作品为标识。

《杰·阿尔弗莱特·普鲁弗洛克的情歌》被艾略特称为“我的天鹅之歌”，是《荒原》的操练和准备。普鲁弗洛克是上层社会的一位青年，敏感、胆小、压抑，他似乎正在赶赴一个约会，要向一个女人求爱，却又缺少表白和行动的勇气，陷入了内心的迟疑，沉溺于美人鱼的幻想中。普鲁弗洛克梦游似的行进与自言自语、对话、世俗场景和可怕的现实压力交织在一起，形成了一个戏剧性的独白，一种似幻亦真的调子。普鲁弗洛克这一形象的典型性在于，普鲁弗洛克是“我”更是“我们”，是幻灭的浪漫主义者，是现代人的一个缩影。诗是这样开头的——

那么让我们走吧，我和你，
当暮色蔓延在天际
像一个病人上了乙醚，躺在手术台上……

可以说在此之前没有人这样写过黄昏，艾略特手术刀般的冰冷取消了人们对浪漫主义的期待，因此这第三行被约翰·贝里曼誉为“现代诗歌的开端”。这的确是一个革命性的开端。

这种革命性在《荒原》中登峰造极。“荒原”一词是对时代精神、战后西方一代人的幻灭和文化濒临死亡的精辟概括。《荒原》以史诗般的分量成为西方现代主义诗歌的一个里程碑。

《荒原》发表在1922年10月《准则》创刊号上，艾略特将它“献给艾兹拉·庞德——最卓越的匠人”。庞德对初稿进行了大刀阔斧的删改，将一大堆片段变成了一首浑然一体的诗，功劳是很大的。《荒原》由“死者葬仪”、“弈棋”、“火的布道”、“水里的死亡”和“雷霆的话”五部分组成，它借用了魏士登女士《从祭仪到神话》中鱼王的神话和詹姆斯·弗雷泽《金枝》中有关繁殖的礼仪。鱼王因性器受伤失去了生殖能力，从而导致全国人民生殖能力的丧失，只有找到传说中的圣杯（耶稣最后晚餐中用过的杯子），才能消除灾祸，使荒芜的大地重新恢复生机。艾略特书写当代的死亡、堕落、虚无、错乱、恐惧、崩溃，将这些场景和片段放置于一个神话的隐喻结构，使历史与现在重叠，声音与声音交错，表达了“拯救荒原”的主题。

《荒原》作为一部现代启示录表达了个人和文化的双重迷惘。说它是个人的，因为它具有“个人化”色彩，某种意义上首先是艾略特个人的“心灵史”。这部作品是在艾略特首任妻子维芬精神病发作，艾略特也面临精神崩溃的边缘，于1921年在瑞士一家疗养院接受治疗时开始写作的。它的错乱感和绝望情绪是艾略特内心地狱的真实反映。说它是文化的，因为它又是艾略特孜孜以求的“非个人化”的，它反映了文明的危机、世界的幻灭和人的绝望，并“以钻石般的锋利切入我们这代人的意识中”（安德斯·奥斯特林《授奖辞》）。写于1925年的《空心人》延续和强化了这种“绝望”，故被视作《荒原》的续篇。“空心人”是荒原中的居民，是悲观和虚无的化身，宣告了——

世界就是这样结束的，

不是砰然一响，而是呜咽一声。

诚如庞德所言：“优秀的艺术都是这一种或那一种的现实主义。”艾略特以他晦涩、预言、超现实主义的风格抵达了更高的现实主义，至此也宣告了他荒原时期的结束。

正当人们把艾略特当作迷惘一代的领袖时，他却拒绝在迷惘中逗留，开始从“最可怕的噩梦般焦虑”中挣扎出来。《圣灰星期三》预示了这种转向，“乐观”的调子令人吃惊，使我们看到了另一个艾略特：“我对事物的现状感到欢欣 / ……于是我欢欣，不得不去建成 / 在此之上欢欣的东西。”1927 年，艾略特加入英国国籍和英国国教，完成了一次盛大的回归：一方面从出生地美国回到了祖先居住的英格兰，另一方面在诗歌写作中历经艰辛探索向着宗教和历史皈依。

《四个四重奏》是回归之作，关于时间的伟大作品。一个嘲讽的、咄咄逼人的、自我折磨的艾略特不见了，一个经验的、冥想的、教诲的艾略特出现了。通过对哲学和神学问题的沉思，探索对记忆真实性的捕捉，对时间的胜利物化，和对普遍真理（“道”）的寻找等问题。

时间主题在与艾略特个人经验有关的四个地点展开。诺顿，一座英国乡间住宅：运动与静止，时间与永恒，永恒时间与短暂生命的冲突；东库克，艾略特先辈居住过的村庄：开始与结束——“在我的开始是我的结束……在我的结束是我的开始”；干赛尔维其斯，美国马萨诸塞州安角东北海岸的一处礁石：寻找永恒与时间的交叉点，在经验中抓住意义，在意义中恢复经验，生命的满足在于“哺育了充满意义的土壤中的生命”；小吉丁，17 世纪英国国教社团所在地：火的毁灭、净化和拯救，维吉尔和叶芝“复合鬼魂”的引领，“一切事物都会好转 / 当火焰之舌卷成 / 像王冠的火的花结 / 火和玫瑰融为一体”。

丹尼尔・霍夫曼在《美国当代文学》中说：“《四个四重奏》是一个伟大诗人成熟的杰作，当世界本身处于危险之中，诗人在灵魂所经历的永生的无时无刻的沉思中，找到了远远超过‘转瞬即逝’的东西。”

从《杰・阿尔弗莱特・普鲁弗洛克的情歌》到《荒原》再到《四个四重奏》，从“绝望”到“肯定”，诗人找到了他的真理——“谦卑的智慧”——

我们能希望获得的唯一的智慧
是谦卑的智慧：谦卑是无穷无尽的。

——《四个四重奏・东库克》

艾略特卓越的诗歌写作功底中有他坚实的理论作保证。他是一位杰出的批评家，研究过但丁、歌德、波德莱尔、叶芝、伊丽莎白时代的戏剧、17 世纪玄学派诗歌，他最重要的理论著作《圣林》收有《传统与个人才能》等著名论文，他的非个性化主张、客观对应理论、经典标准、对传统的尊重等影响了许多现代主义诗人。他说“艺术的感情是非个人的。……诗不是放纵感情，而是逃避感情，不是表现个性，而是逃避个性。自然，只有有个性和感情的人才懂得逃避这种东西的意义”(《传统与个人才能》)；他强调“用艺术形式表现情感的唯一方法是寻找一个‘客观对应物’，换句话说，是用一系列实物、场景，一连串事件来表现某种特定的情感”(《哈姆雷特》)；他认为诗歌有三种声音：“第一种声音是诗人对自己说话的声音——或者是不对任何人说话时的声音。第二种是诗人对听众——不论是多是少——讲话时的声音。第三种是当诗人试图创造一个用韵文说话的戏剧人物时诗人自己的声音。”(《诗的三种声音》)艾略特还在诺贝尔文学奖获奖演说中强调了“欧洲的诗”或者“全世界的诗”一词的意义，他说：“要是诗没有外国诗的哺育的话，每一个国家和每一种语言的诗都会衰亡和消失。”他用创作实践来忠实体现自己的理论主张，是一个高度自觉的诗人。

艾略特还是一位优秀的剧作家，写了五部诗剧：《大教堂谋杀案》《合家团圆》《鸡尾酒会》《机要秘书》《政界元老》。在这些诗剧中，他探索了诗歌中涉及过的相同主题，即宗教主题，召唤着来自奇迹与启示的永恒空间的光芒照耀。

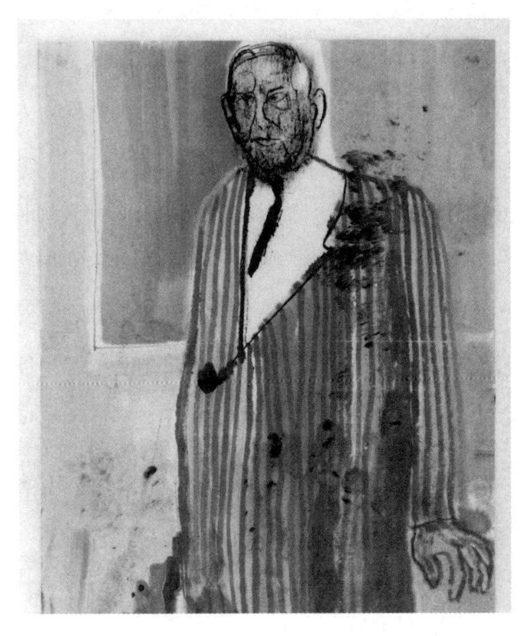

那是大地发出的天籁，

与风结伴呼啸而来，

回荡于这片荒凉的舞台；

雪原中孤寂的听众

物我两忘，摆出注目的姿态：

本来无一物，虚无即存在。

——史蒂文斯

华莱士 · 史蒂文斯：诗人的诗人

关于华莱士·史蒂文斯（Wallace Stevens，1879—1955），我们不妨先提供一份简历：1879 年生于美国宾夕法尼亚州雷丁市的一个律师家庭，当过报社记者、律师，定居康涅狄卡州哈特沃德市后，担任保险公司职员直至副董事长，负责上市牲口的保险业务。1955 年在哈特沃德市去世，享年 75 岁。

史蒂文斯有长年步行去公司上班的习惯，他的诗作有不少是在途中构思，到办公室向秘书口授而成。史蒂文斯的家人和同事一直不太清楚他的诗人身份和重要地位。虽然他与当时的一些著名诗人有来往，却保持了若即若离的“游离”状态，不是圈内人物。威廉·卡洛斯·威廉斯回忆说，诗人们聚会时，“他（史蒂文斯）总是表现了一种疏远、羞怯、不愿多活动和寡言的姿态。每个人都认识他，而且熟悉他——但是他从来也不多说话”。

1923 年史蒂文斯 44 岁时才出版了第一本诗集《簧风琴》。这本诗集发行不到 100 本，社会反应冷淡，青年一代还没有意识到史蒂文斯的重要性和独特价值，因为他们正忙于崇拜和追随庞德、艾略特、奥登。直到他们对《荒原》等作品烂熟于胸，需要“另一种诗歌”时，史蒂文斯才真正出现了，并成为青年一代的“精神偶像”。二战后，史蒂文斯声名鹊起。

史蒂文斯没有辜负热爱他的人，他用他的“后劲”显示了超凡的创造力，是一个大器晚成的典型。继《簧风琴》后，他连续不断创作了《秩序的概念》《猫头鹰的三叶草》《弹蓝色吉他的人》《世界的构成》《关于最高虚构的笔记》《恶之美学》《驶向夏天》《秋天的极光》等诗集。他持续不断的创作激情以及由此取得的创作实绩，是对“诗人早衰”的反驳，更是对“诗是青年人的事业”流行说法的嘲讽。

史蒂文斯的确写出了“另一种诗歌”。在他优雅细腻、充满奇思异想的诗篇中，我们看到了——诚如他自己所说的“写天堂与地狱的伟大诗篇已经不少，描写人间的伟大诗篇还没有诞生”——对心灵与自然关系的沉思、对语言的热爱、对人类创造力和想象力的推崇、对诗歌神话构造能力的倾注与期待，通过在“是”而非“不”之上的建设，赋予艺术神圣和庄严。“在艾略特他们发现悲剧的地方，他却发现欢乐、快活、生机勃勃、希望，以一种轻松的神情把它们表达出来。”（威勒德·索普《20 世纪美国文学》）

这就是史蒂文斯——在大多诗人身上罕见——的“耽乐精神”。与基督教“原罪”“赎罪”观念恰好相反，史蒂文斯崇尚的是兰波的“通灵”——最大限度地向世界敞开自己的感官，体验心灵的微妙颤动，享受语言中的种种快感。史蒂文斯几乎创建了一种“尘世宗教”，从中找到了衡量灵魂的尺度——

神灵必须永存于她的心中：
雨的欲望，或落在雪中的情绪；
孤独的痛苦或林花盛开时
无法压抑的欢欣；秋夜
湿漉漉的路上勾起的情感；
种种欢乐和痛苦涌起，一想到
夏天的绿叶和冬天的残枝。
这些才是衡量她灵魂的尺度。
——《星期天早晨》

在这一“尺度”之下，“我，就是我周围的事物。”(《原理》)主体与客体建立起新的伙伴关系，世界稍纵即逝的瞬间才得以捕捉，艺术才保有它的尊严：“生活是文学的反映”“诗是诗人创造的一个自然”(《格言集》)。生活被艺术所创造和改变，奇迹将重新诞生，“从虚无中创造出崭新的宇宙”(《可能的事情的序言》)也就成为可能。《坛子的轶事》一诗就是对艺术秩序和庄严的礼赞，也对自然的繁殖能力的讴歌，诗中写道——

荒野向坛子涌起，
匍匐在四周，不再荒凉。
圆圆的坛子置在地上，

高高地立于空中。

史蒂文斯开放式的感知是一种天赋，更是持续修为、奋力抵达的结果。自然的色彩、光、波浪、云、芬芳、阴影和四季变化投射为灵魂的图景，实现了“诗是人与世界之间某种关系的表白和体验”的目标。史蒂文斯建立起了一套独特的个人化意象符号，我们不妨列举一些：薰衣草乳头、毒芹、孔雀、星、铜镜、喷火女怪、飞蛾、蜡烛、拉萨女人、冰激凌皇帝、幽灵、油膏、老虎、红鹿、坛子、吉他、绸衣、爪哇雨伞、裸体、麝香、果园、霜、床铺、蠕虫、云杉、窗帘、玄学家、修女、常春藤、光、狮子、公牛、岩石、草莓、玛瑙眼睛、杏仁糖、猫头鹰、尤利西斯、氧气、峭壁、苍蝇、隐士、瑞典马车、山谷、巴勒斯坦、书、苍穹、雨水、死……这些意象新鲜、活跃、刺激、迷人，有着美术拼图的色彩。浑然天成的音响和语言纵欲的快感，似乎是向着天边的虚光伸出手去，抓回来大把的结晶和果实。

毫无疑问，在通向神奇的途中，想象力、非理性、虚构、隐喻和玄想助了诗人一臂之力。

“想象，这想象的世界里 / 唯一的真实。”（《又一个哭泣的女人》）史蒂文斯意识到：“在那狭小的世界里，人不过是个片段。”（《蒙翁克勒的莫那克勒》）就是说人是一种“不完美”，而想象力是无限的，可以弥补这种“残缺”——史蒂文斯把想象力放在一个重要的位置：“想象力是人征服自然的力量，是唯一的天赋。想象力是心灵的自由，由此才有现实的自由。”（《格言集》）关于非理性，史蒂文斯指出：“诗歌必须是非理性的。”“哪里有诗，哪里就有非理性。”他还说：“对于诗人来说，非理性是基本的，但无论诗或生活，通常都未处于其动力的最高峰。”（《诗的非理性成分》）因此非理性显然有巨大的潜力可挖。但与其说史蒂文斯的非理性是弗洛伊德意义上的，还不如说更接近兰波的“通灵者”——打乱感官，达到未知，经由混乱抵达艺术的秩序。

比喻是对世界做出的敏锐反应，是更替的真实。史蒂文斯将比喻视为技艺的一个高度，他说：“现实是个陈腐的题材，我们避之以比喻。只有在比喻的国度里你才是诗人。”他还说：“比喻创造的是一种新的现实；相比之下，原先那个现实就显得不真实了。”他的诗中充满了大量精彩的比喻：“那光像一只蜘蛛 / 爬过水面 / 爬过雪地的边缘。”（《文身》）“春天像正在脱衣的美女。”（《事物的表面》）“我有三种思想 / 像一棵树 / 栖着三只黑鸟。”（《观察黑鸟的十三种方式》）他善于使用拟人手法：“当风停息，天上 / 白云依旧 / 走自己的路。”（《士兵之死》）“光，是下山喝水的狮子。”（《玻璃水杯》“心灵躺在苦恼旁思考着。”《夏天的证明》）……

我们知道，史蒂文斯是美术和音乐的爱好者，这赋予他诗歌以色彩感和乐感。他喜欢使用彩色意象，如紫光、红松、白雪、绿色鹦鹉、黑鸟、蓝色吉他、棕色河滩、幽蓝的绸衣、灰色坛子、黄色的下午、苍白的人群等，他的一些诗作，如《两只梨的研究》《俄国的一盘桃子》《美丽的玫瑰花束》，写得如同绘画中的“静物写生”。而另一些诗作，则直接与音乐有关，或者说从音乐中获取了灵感，譬如《彼得·昆士弹琴》《罗曼司的重演》，再譬如长诗《弹蓝色吉他的人》，诗与音乐达到了和谐交融，如同吉他手演奏出了纸上的音乐和音乐中的诗！一个渗透了色彩和乐感的灵魂是可感的、亲切的、奇异的。

史蒂文斯是一个现代隐士，他“幽居象牙塔中”，又“从塔顶俯瞰公共垃圾堆和广告牌”。他静观人世、沉思人生，寻找内心信仰的源泉。同时，他又是一个清醒的、高度自觉的诗人。他把诗定义为“一个未曾得到满足的人试图从语言文字中寻求满足而进行的一种拼搏”。他认为“写诗是为了接近和谐与有序的事物中的善，或者简单地说，写诗不过是出于一种对和谐与秩序的欣悦”。他在自觉中行动，去接近“思想的行动的诗”——

黑暗中的玄学家，拨动
乐器，拨动一根金属琴弦，
发出的声音突然穿透正确，整个
包容了思想……思想的行动的诗。

——《论现代诗歌》

“我们必须整夜忍受我们的思想／直到明亮的物体静静立在寒冷中。”（《扛东西的人》）由于其作品的纯粹、深刻和卓越，史蒂文斯被誉为“诗人的诗人”“批评家的诗人”。

然而整个剧情已定，

道路的尽头在望。

我在伪君子中很孤单。

生活并非步入田野。

——帕斯捷尔纳克

鲍·列·帕斯捷尔纳克：冒烟燃烧的良心

在文学领域，当我们说出“俄罗斯”一词，等于说出了大地、母亲、苦难、人性、悲悯、圣火等的同义词，即使在最严酷、黑暗的日子里，俄罗斯文学中人道主义的灯盏也从未熄灭过。一代又一代俄罗斯诗人以个人承担全体命运的勇气，建设着共同的大理石般的精神大厦，他们的名字灿若星辰。“黄金时代”我写了普希金，“白银时代”我们将举出帕斯捷尔纳克、茨维塔耶娃和曼德尔施塔姆三人为代表。他们的名单远远不止这么几位，还有古米廖夫、阿赫玛托娃、叶赛宁、马雅可夫斯基等。

鲍里斯·列昂尼多维奇·帕斯捷尔纳克（Boris Leonidovich Pasternak，1890—1960）出生于莫斯科一个犹太人艺术家家庭。父亲是著名画家，母亲是钢琴家。诗人早年曾醉心绘画，学习音乐，研究哲学。提及这一点至关重要，我们从而得以理解他个人气质的基本养育，以及诗歌中音乐的直觉、绘画的色彩和哲学的深邃等杰出的综合能力。

1914年，帕斯捷尔纳克的处女作《雾霭中的双子星座》问世。此后，他陆续发表了诗集《超越障碍》《生活，我的姐妹》《主题与变奏》《再生》《在早班车上》《辽阔的大地》《雨雾》。并著有长诗《1905年》《施密特中尉》，长篇小说《日瓦戈医生》《柳威尔斯的童年》，自传体随笔《安全保护证》《人与事》等。他精通英、德、法文，翻译过莎士比亚、歌德、拜伦、泰戈尔等人的作品，是苏联翻译莎士比亚的权威译家。帕斯捷尔纳克对大地、艺术、女性充满朝圣般的感激之情。他说："我从童年时代起就对妇女怀着羞怯的敬慕之情。我一生为妇女的美、为妇女生活的地位、为对她们的怜悯和对她们的恐惧所震惊。"几位女性的回忆为我们勾画了诗人的精神肖像："他双眸熠熠闪光，全身迸发着激情。"（第二任妻子吉娜伊达·尼古拉耶芙娜·吉皮乌斯）"高颧骨，黑眼睛，加上那顶皮帽——看起来活像一个俄国童话中的人物。"（女记者奥尔珈·卡莱尔）"他的模样既像阿拉伯马，又像他自己的马。"（女诗人茨维塔耶娃）"帕斯捷尔纳克怀着极大的同情、耐心甚至痛楚，去对待不像他那样真诚和坚定的人。"（情人奥丽嘉·伊文斯卡娅）

帕斯捷尔纳克盛赞过马雅可夫斯基，但没有像马雅可夫斯基那样"让时代的新鲜事物颇服水土地流在自己的血管里"，他与时代和政治的风云变幻保持适度的距离，又不失尊严地活着、写作着。然而你不能说他是逃避现实的，相反的，在他看来，活生生的现实世界是获得了一次成功便永远成功的唯一构思，它不仅是模特儿和模型，在更大程度上还是一个榜样。他说过，诗歌不必到天上去寻找，要善于弯腰，诗歌在草地上。

正是在这片充满诗意的“草地”上，帕斯捷尔纳克找到了他的缪斯。他对自然——俄罗斯的山川、森林、湖泊、雪原、田野——有着深邃细致的洞察，善于捕捉大地的灵魂和每一个转瞬即逝的瞬间，对阳光、黑暗、四季变幻和美有着特殊的敏感。他反对浪漫主义的夸张做作，倾向抒情和古典，语言紧张激动，节奏急速多变。“他的智慧足以任意捉弄星辰。”（罗克威尔·肯特《东北方向》）自然的丰富形态在他笔下准确、生动、逼真地再现出来——

你们多美啊——通向寂静的入口！
草原无边无际，好像是海洋。
羽毛在叹息，小虫在沙沙搔爬，
蚊子的哭声随风起伏飘扬。

草垛带着云彩，竖成一排，
熄灭了——好像火山上面的火。
草原静默了，湿透了——无边的草原
摇着，吹着，推着波浪行走。

——《草原》

然而把帕斯捷尔纳克仅仅称作“俄罗斯风景抒情诗人”是远远不够的，诗人不是描摹万物的机器，恰恰是主观创造性的参与才使客观万物得到了改变和升华——内心自白、哲理沉思、

“理智的斗争”和“直接的使命”，使自然人格化了，神圣化了，自然仿佛源于灵魂的某个深处——

花园，池塘，还有篱笆，
还有宇宙——沸腾着白色的哀号和哭声，
都只是人的心灵所挖掘出来的
各式各样的奔放的激情。
——《创作的定义》

如果没有充满奔放激情的心灵的参与，世界是残缺的，甚或是不存在的。而参与的目的是为了保卫人性的尊严，发现和表达真理，去实现“一本书是一种立体的、冒烟燃烧的良心——而非任何别的什么”（《几种观点》）。

“诗人自愿赋予他的一生以陡峭的倾斜。”（《安全保护证》）帕斯捷尔纳克长期居住在莫斯科郊外的别列捷尔金诺作家村，生活还算安宁。“大清洗”时作家村被抓走了二十几位作家，杀的杀，流放的流放。有人给帕斯捷尔纳克罗列了种种罪名，但他逃过了这一劫难，据说是因为斯大林说了一句话：“不要去动这个住在天上的人……”然而好景不长，这种“陡峭的倾斜”——磨难和不幸——主动找上门来了：长篇小说《日瓦戈医生》引起轩然大波，改变了诗人的命运。

《日瓦戈医生》是诗人历时八年的心血之作，它描写了传统知识分子在十月革命前后的苦闷、徘徊和感人的爱情。帕斯捷尔纳克写这部抒情小说是感觉对同代人欠着一笔巨债，写它正是为了还债所做的努力。“通过这部小说，赞颂俄罗斯美好和敏感的一面，那些岁月已一去不返。”他认为《日瓦戈医生》比自己早期诗歌具有更高的价值，内容更为丰富，更具人道主义精神。

1957年11月，《日瓦戈医生》首先以意大利文问世，国外反响热烈，誉为“一部不朽的史诗”，堪与列夫·托尔斯泰的《战争与和平》媲美。在不到两年的时间里，被翻译成24种外国文字。1958年10月23日，瑞典皇家科学院宣布将年度诺贝尔文学奖授予帕斯捷尔纳克，以表彰他“在现代抒情诗和俄罗斯伟大叙事诗传统方面所取得的重大成果”。

赫鲁晓夫的苏联愤怒了，开始对诗人大事兴师问罪，进行“围猎”。《真理报》称《日瓦戈医生》是“一株反革命的毒草”；文艺界举行集会，谴责帕斯捷尔纳克是“隐藏的敌人”“冷战的旗帜”；官方组织的游行高喊：“犹大——从苏联滚出去！”团中央书记在青年代表大会上辱骂诗人是“一头弄脏自己食槽的猪”。苏联作家协会宣布，鉴于作家“政治上和道德上的堕落以及对苏联国家、对社会主义制度、对和平与进步的背叛行为”开除他的会籍。迫于压力，诗人致电瑞典皇家科学院：“鉴于我所从属的社会对这种荣誉的用意所作的解释，我必须拒绝这份已经决定授予我的、不应得的奖金。请勿因我自愿拒绝而不快。”在郁闷和恐惧中，诗人度过了人生的最后两年。

帕斯捷尔纳克的情人奥丽嘉·伊文斯卡娅在《时代的囚

徒》一书中回忆，赫鲁晓夫垮台之前为迫害帕斯捷尔纳克而感到内疚，因为他听信了一些人的谗言，而当他自己抽出时间把《日瓦戈医生》看了一遍之后，悔悟了，是自己被引入了迷误，但——为时已晚。

在叶夫图申科、沃兹涅先斯基等大批作家、诗人的呼吁下，1987 年 3 月，苏联作家协会才宣布为诗人平反，恢复他的会籍，辟故居为纪念馆，并成立帕斯捷尔纳克文学遗产委员会。

“诗人应该是一个孩子，即使他已白发苍苍、血管硬化。”（保尔·艾吕雅）诗人的确是些单纯的孩子，是从晚年走向童年的人，虽然有些怪僻，有些自恋，有些孤傲，容易激动，但不会去打砸抢，不会对社会造成危险。

一个在恐惧中成长的孩子，怀一颗“白银之心”，睁大了眼睛，看世界的诡异莫测，穿越重重迷障，去追求纯粹、尊严和“冒烟燃烧的良心”。茨维塔耶娃对帕斯捷尔纳克的评价是恰如其分的——

> 并非帕斯捷尔纳克是个婴孩，而是世界在他看来是婴孩，我把他看作是属于造物主最初那一天创造出来的人物：初次的河流，初次的黎明，初次的暴风雨。他是在亚当之前被创造出来的。

曼德尔施塔姆的评价也独具意味——

读帕斯捷尔纳克的诗，能够清润喉咙，强劲呼吸，康复肺叶。这样的诗有助于治疗肺病。我们现在还没有更健康的诗歌。这是喝过美国牛奶以后端上来的马乳酒。

我也想对着世界多惊奇一会儿，

还有儿童和雪。

但微笑像一条道路——不能佯装，

它不服从，不是奴隶。

——曼德尔施塔姆

奥·埃·曼德尔施塔姆：黄金在天空舞蹈

黄金在天空舞蹈，
命令我歌唱。

诗人不得不歌唱，因为黄金在天空舞蹈——这就是指令，这就是命运。歌唱，就像荆棘鸟让荆棘之刺扎进胸膛和心脏，用最后的力气歌唱，直到鲜血流尽，直到死亡夺走生命。

奥西普·埃米里耶维奇·曼德尔施塔姆（Osip Emilyevich Mandelstam，1891—1938）就是这样一只诗歌中的荆棘鸟。

或者，一只燕子。

在他的诗中，不断地出现神秘燕子的形象——用剪短的翅膀在影子宫殿扑动的瞎燕，衔着冥河一根青枝的死燕子，以及四天四夜飞过沙漠翅膀不沾一点水的燕群……燕子用它瘦小的身体和悲剧化的形象，运载着流逝的时间和天空的重负，它来自远方，穿越虚无，报告春天和死亡的音讯——

僵硬的燕子们生着圆圆的眉毛，
从坟墓朝着我飞翔，
告诉我已在斯德哥尔摩睡足了觉，
在它们冰冷的床上。

曼德尔施塔姆出生于华沙一个犹太商人家庭。幼年时移居彼得堡。少年时代先后赴柏林、巴黎、海德堡等地学习犹太经书、语文和法国文学，懂多种外语。1911 年回国后，与古米廖夫、阿赫玛托娃等人成立“诗人车间”，创办阿克梅主义机关刊物《阿波罗》，与象征主义和未来主义分庭抗礼。1913 年出版第一本诗集《石头》，奠定了他的诗人地位。1922 年出版第二本诗集《忧伤集》。1925 年出版自传体随笔《时代的喧嚣》，与帕斯捷尔纳克的《安全保护证》一起被誉为俄罗斯“白银时代”最出色的两本自传。

作为“阿克梅主义的首席小提琴”（阿赫玛托娃），曼德尔施塔姆在回答什么是阿克梅主义时，他说是“对世界文化的眷念”。他早期的诗歌是向后的、古典的、逆时间而上的，是对流逝岁月、历史、文化的重温、体验和唤醒。因此他被誉为“文化诗人”“文明之子”——隶属文明和向往文明的诗人。

荷马、凯撒、奥维德、巴赫、古希腊、雅典、佛罗伦萨、斯德哥尔摩……这些名词点亮他的诗篇和他置身的“此在”。词在他手中成为远去灵魂的化身，词围绕物自由地徘徊，成为诗歌建筑的一部分，并有着追忆和缅怀的风格。曼德尔施塔姆向往过希腊化，并为这一理想而写作。他认为，只要世界上存在死亡，希腊化时代一定会来临。死亡的种子播在希腊的土壤里，花盛叶茂，西方文明正来源于这粒种子。他写道——

失眠的症状。荷马。还有满鼓的风帆。
我已将那些舰船的名册读到了中途：
这长长的群队，这仙鹤的列车，
它们曾经升腾在古希腊上空。

这无疑包涵着对时光倒流和时间重构的渴望。曼德尔施塔姆并不满足于眼前的岁月，他怀念时间的深层，像一个农夫渴望时间的处女地。他要用诗歌的犁铧翻耕时间，把时间的深层和黑土翻到地面，重见天日。这样，昨天才真正诞生了，——昨天没有离去，变成了今天的一部分。

这样的写作不可避免地导致古典主义。正如他为诗歌列举的公式：A=A，他认为古典的诗歌即革命的诗歌。倒过来说也是同样成立的。

但曼德尔施塔姆没有沦为怀旧的、古董式的或者博物馆里的写作。是因为他的出发点和归宿是当代——活生生的现实：充满了变异、险恶和苦痛，对此，他有切肤的敏感。他说，“词就是肉体和面包，它分享面包和肉体的命运：苦难”。

苦难无处不在，在每一个角落、每一个词中。诗人愤怒了，他从前厌倦“芦苇的絮语”而追求“合唱曲”，而现在，这把

“阿克梅主义的首席小提琴”发出的声音越来越高亢、震颤、尖锐，反抗的声音也越来越强烈。1933 年 12 月，他写了《斯大林警句》一诗并到处朗诵。

诗传到当局耳朵里，造成了他 1934 年 5 月 13 日的第一次被捕，被判处三年徒刑，流放到北乌拉尔地区的切尔登小镇，后来又转移到沃罗涅日。

在沃罗涅日的流放岁月里，诗人迎来了又一个创作高峰期。这些诗歌由诗人的妻子娜杰日达·雅科夫列夫娜·曼德尔施塔姆藏在一个平底锅里，夜深人静时默默背诵，才得以保存下来。诗中表达了他孤独、恐惧和绝望的心理：“妻子和我在那儿五夜不曾合眼，/ 五个夜晚不能成寐睁眼盯着哨兵。”（《卡玛河边天已昏黑》）“人真可怜，他守卫生命的破烂 / 以乞求影子的仁慈。”（《你还活着，并不孤独》）“我扑倒在地。我吞吃死亡的大气。 / 一群发烧的乌鸦爆炸。”（《正是一月，我将独自干些什么》）

1937 年 5 月，曼德尔施塔姆结束流放回到莫斯科。但一年后，1938 年的 5 月 2 日，他再次被捕，被流放到离莫斯科近 10000 公里的远东的符拉迪沃斯托克（海参崴），12 月底在集中营中被处决，至今不知诗人的尸骨葬在何处。

1938 年 10 月，曼德尔施塔姆给家人写了最后一封信，信中的诗人是那么悲惨，那么绝望。但这是“时代之恶”铁的见证，摘录在此——

我现在符拉迪沃斯托克，内务部集中营，第十一幢。据特别机关的决定，我因反革命活动被判处5年徒刑。押解队9月9日离开布兑卡，10月12日到达。身体非常虚弱，弱到了极点，瘦极了，几乎变了形，我不知道，邮寄东西、食品和钱还有没有意义。还是请你们试一试吧。没有衣被，我被冻僵了。……

曼德尔施塔姆的性格中，有善良、天真、孩子气的一面，也有任性、怪僻、暴烈的一面，他得罪了不少人，许多人都不容忍他。有人据此将他的不幸归结为“性格悲剧”。但曼德尔施塔姆的悲剧是那个时代的悲剧、社会的悲剧。

在自传《时代的喧嚣》中，曼德尔施塔姆写道：“野兽不应为自己的毛皮而感到羞愧。黑夜为它镶边，冬季为它穿衣。文学，就是一头野兽、一阵穿堂风，就是黑夜和冬季。”这样的表述令人激动，也使人不安，仿佛一个不祥的预兆。

诗人闯进了黑夜和冬季，但他的诗歌却留在了人间的白昼，留在了时间的记忆里，他从对文明的缅怀回到险恶的当代，大胆地面对争斗，找到了从普遍性通向个人化的道路。他的头脑如此清醒，如同良知睁开眼睛，从世间万物的沉睡中苏醒过来，发出了公鸡司晨的高亢啼鸣，宣告了“我”的诞生。

曼德尔施塔姆从心灵深处取出了金字塔。这是他自己的金字塔，耗尽一生劳役而建成。

约瑟夫·布罗茨基在为英文版《曼德尔施塔姆诗集》撰写

的序言《文明的孩子》中写道："他是一位现代的俄耳甫斯：他被遣往地狱却再也没有归返。……这是我们的变形记，我们的神话。"

我等待着螽斯，从一数到一百，

折断一根草茎，噬咬着……

如此强烈、如此普通地感受生命的短暂，

多么地奇异，——我的生命。

——茨维塔耶娃

玛·伊·茨维塔耶娃：嚼尽苦涩的艾蒿

当玛琳娜·伊万诺夫娜·茨维塔耶娃（Marina Ivanovna Tsvetaeva，1892—1941）写出第一本诗集《黄昏纪念册》时，她还只是一名17岁的中学生。两年后《魔灯》问世。这两本诗集难免有稚嫩之处，但惊人的才华已初露端倪——

我关于青春和死亡的诗啊，
——谁也不读的诗章！——
散落在书店里，蒙着尘埃，
（无人问津，不论过去还是现在！）
我的诗，好像名贵的美酒，
自有风靡的时候。

——《我的诗，写在年少的时光……》

这个声音自信、热烈、高傲、大胆，对自己毕生的写作命运作了概括性的预言。她年纪轻轻就受到勃留索夫、古米廖夫等名家的赞赏。她的诗没有大多数女诗人的通病：软绵绵的情调、矫揉造作的感伤。她置身纯洁的源泉却狂野，在世界的迟疑中变得果断，充满了男性般的威力。在后来的发展中，这个声音越来越铿锵有力，越来越震撼人心——

今夜我独对夜色——
一个夜不成眠的孤单修女！
今夜我有钥匙
把无与伦比的首都所有大门开启！
——《失眠》

生命便是锋刃，它爱着
锋刃上的舞蹈，
——它等待锋刃已久！
——《致生命》

不能把茨维塔耶娃的诗简单地归入“女性诗歌”的范畴，它们超越了男人和女人的分野，成为“雌雄同体”的诗。

“20 世纪的俄罗斯诗歌里听不见比她更富有激情的声音了。”（布罗茨基）——她正是激情的化身！爱伦堡曾被女诗人独特的魔力所吸引，“她那桀骜不驯又惘然若失的神态令人惊奇；她的仪表倨傲——仰着头，前额很高；而双眸却泄漏了她的迷惘：大大的、软弱无力的眼睛似乎看不见东西——玛琳娜是近视眼。她的头发剪成短短的娃娃头。她不知是像一位娇小姐呢，还是像一个乡下小伙子”。这一年茨维塔耶娃 25 岁。

这是怎样一个才华横溢、魅力非凡、令人倾倒的女性呵！她短暂的一生写下了数百首抒情诗、12 部长诗、7 部诗剧以及自传、回忆录和评论等大批作品。爱情、死亡和艺术，是她基本的主题。坚实的形象、敏感的遣词造句、急骤的韵律、螺旋形的结构、大量的问号和惊叹号……构成了她的风格。——她是一个被诗歌奇迹震惊的人，然后回过头来震惊我们。

她理解深渊般的爱情，体验那痛苦的欢愉："我俩在一起幸福又温暖，/犹如一对翅膀紧紧相连。/然而一旦旋风骤起——万丈深渊/便突然横在两翼中间！""对那痛苦，我十分熟悉，/有如手掌熟悉眼睛，/有如嘴唇轻声唤着孩子的乳名。"

她仿佛在死亡中写作，从死亡的角度去观察生——生命："我也曾经活过呢，过路的人啊！……/但愿我发自泉下的声音，/没有惊吓了你。""我将乘车穿过一条条街道，/把莫斯科留在后面。/您也将步履蹒跚地跟在后头，/但在路上却不止一个落后。/第一块土块将敲响棺材盖，——/一场自私的、孤独的梦/终将获得解答……"

她献身艺术，把肉体的生命当作艺术圣殿的祭品。她是一名技艺高超的手艺人："我知道维纳斯是手的产物，/我是手艺人——我精通手艺。"她说："我爱上了自己生活中的一切事物，然而是以分别，而不是相会；是以决裂，而不是以结合去爱的。"她还说："人在地球上的唯一使命是忠实于自己，真诗人总是自己的囚徒。这堡垒比彼得—保罗要塞更坚固。"她全部的写作体现了这般信念。

这又是怎样一个命运多舛、经历苦难、在绝望中挣扎的女性呵！她的痛苦和不幸足以使我们每个人受伤。

> 一切家园我都感到陌生
>
> 一切神殿我都感到空洞……
>
> ——《乡愁》

十月革命改变了一个国家的命运，也改变了诗人的命运。她的丈夫谢尔盖·埃夫隆曾是白军军官，革命后逃亡国外，断绝音讯多年。1922 年她托爱伦堡打听到了他的下落，同年获准出国与丈夫团聚。她流亡欧洲 17 年，先后侨居柏林、布拉格、巴黎。流亡生活艰辛坎坷，她曾在一封信中谈到了当时的困境："丈夫有病，不能工作。女儿编织帽子赚五个法郎一天，一家四口以此为生，简直在慢慢地饿死。"然而更可怕的是精神上的孤独："没有知音，没有同道，没有任何护持、同情，比狗不如……"虽然在侨居期间发表了《手艺》《离开俄罗斯后》等诗集，为她赢得了一流诗人的声誉，但她的孤傲和精神独立却与整个流亡知识界格格不入。特别是她在巴黎热情欢迎来自新俄国的马雅可夫斯基之后，白俄侨民视她为"异己""叛徒"，更令他们恼火的是她一直拒绝发表赞美白军的诗集《天鹅营》。而她的性格，被叶夫图申科形容为一颗坚硬的核桃——它里面是咄咄逼人的好战性，是胆大妄为的进攻性。——她的叛逆性格使她无法与环境融洽。

"在哪儿——都是孤苦伶仃……"她开始思念那片令她肝肠寸断的土地——她的骄傲，她的祖国。那里有黑麦摇曳的田野、白桦树和接骨木树凄迷的火焰，那里有高山上寒冰的皇冠、雄伟的城市和久别的人民……埃夫隆后来脱离了“白卫运动”，加入了“返回祖国协会”，并成为组织者之一。埃夫隆与女儿阿利娅先期回到莫斯科。1939 年 6 月 18 日，茨维塔耶娃带着儿子穆尔毅然重返日思夜想的祖国。

然而等着她和她家人的是什么呢？只有厄运——黑色的厄运：几个月后丈夫被处决，女儿被流放到西伯利亚，儿子后来参加志愿军在二战前线牺牲。

……活到头——才能嚼完那苦涩的艾蒿。

——《日记》

“命运苦涩的艾蒿”已被嚼尽。1941 年苏德战争爆发，德军逼近莫斯科，茨维塔耶娃被疏散到鞑靼自治共和国卡玛河畔的叶拉布加小镇。8 月 31 日，在极度的孤寂和绝望中自缢身亡。“她把头伸进绳套，如同把头埋进枕头下面。”（帕斯捷尔纳克）

她死了，但她安息了吗？她的心灵生来就有翅膀，她的名字银光闪亮，她的眼睛在黑暗里睁大着，令每一个活着的、有良知的人羞愧和战栗。

1960 年，晚年遭受不公正对待的帕斯捷尔纳克在接受美国女记者奥尔珈·卡莱尔采访时，勇敢地给予了茨维塔耶娃高度的评价：“茨维塔耶娃从一开始就是一位成熟的诗人。在虚伪做作的年代里，她发出了自己的声音。她是一位具有男人魂魄的女人。她与日常生活的搏斗给了她勇气和胆量。她奋力追求并最终达到了完美的纯净。……茨维塔耶娃的去世是我一生中最大的悲痛。”

1987 年，苏联《星火》杂志 6 月号刊登了茨维塔耶娃的照片和 7 首诗，并发表评论盛赞：“她是伟大的诗人……她的诗仿佛是由激情、痛苦、隐喻、音乐所汇成的雄伟的尼亚加拉瀑布……茨维塔耶娃是俄罗斯文学的圣处女和女皇。”

1992 年，联合国教科文组织宣布当年为“茨维塔耶娃年”，因为“她的诗歌如石榴一样火热、如水晶一样纯净”，是“真正的琼浆玉液”，这年正值女诗人诞生一百周年。

——时间有自己的眼睛，它敏锐而公正。

也许，我就像它们一样，

由爱和尘土构成，

被同样的虚无与绝望围攻，

放射出一束坚定的光。

——奥　登

威斯坦·休·奥登：肯定的火

在悼念亡友——诗人路易斯·麦克尼斯的诗中，威斯坦·休·奥登（Wystan Hugh Auden，1907—1973）表示了要成为“大西洋的小歌德”的愿望。事实上，即便他未能与歌德同代比肩，也无疑是继叶芝、艾略特之后最重要的英国诗人。

与艾略特不同的是，奥登于1939年从英国移居美国，而生于美国的艾略特早在1927年就加入了英国国籍，这大概是英美文学力量最为平等公正的交换吧。

作为战后废墟中成长起来的一代诗人，奥登是“奥登派”或“奥登一代”当之无愧的领袖。这批诗人还包括戴·刘易斯、斯蒂芬·斯彭德、路易斯·麦克尼斯等人。他们置身战后及工业化的荒原，关注现实，思想进步，在政治倾向上属于左派。医生之子奥登是其中最为激进的一个。1937年他发表了长诗《西班牙》，声援西班牙人民与佛朗哥法西斯叛军的斗争，并亲赴西班牙，当过政府军的担架员和救护车驾驶员。1938年，奥登与小说家克里斯托弗·伊舍伍德到中国前线采访，见过蒋介石、周恩来、宋美龄等人，写下了一组题名《在战争时期》的与中国有关的十四行诗（共27首），其中第14首写到了一位普通中国士兵，对他的死亡寄予了深切的同情——

> 他被使用在远离文化中心的地方，
> 又被他的将军和他的虱子所遗弃，
> ……
> 他在中国变为尘土，以便在他日
> 我们的女儿得以热爱这人间……

在附于十四行诗之后的《诗解释》中，奥登准确地捕捉到了战争、苦难与恐怖岁月里中国人不屈的精神形象——

> 在黄河改道的地方，他们学会了怎样
> 生活得美好，尽管常常受着毁灭的威胁。
> 多少世纪他们恐惧地望着北方的隘口，
> 但如今必须转身并聚拢得像一只拳头，
> 迎击那来自海上的残暴……

英国时期，奥登在伦敦发表了《诗集》《雄辩家》《死亡之舞》《诗》《看吧，陌生人》等重要诗集。这些诗歌表明奥登是一个“令人目眩的大师”，有着复活传统诗歌形式的勃勃雄心：民谣、十四行诗、挽歌、诗剧、即兴诗、打油诗、戏谑诗、催眠曲等——他使诗歌拥有了异常丰富多样的表现形式，并为传统注入活力。

奥登强调诗歌的“真实”和“客观”:“诗歌不是魔幻，如果说诗歌或其他的艺术，被人们认为有秘而不宣的动机，那就是通过讲出真实，使人们不再迷恋和陶醉。”

奥登喜欢卡尔·克劳思的一句话，“我的语言是一个妓女，我得把她变为处女”。

奥登称自己是一个形式主义者，“我有两件事要做：一是某种主题，二是某种形式问题——韵律结构和用词。语言寻找主题，主题发现语言”。

奥登不夸大诗歌的社会功能：“写诗不能改变任何事情。……写作的目的是使读者能更好一点地享受生活，或者更强一点地忍受生活。”

叙事、细节、客观性、口语、隐抒情、反浪漫主义立场、现实题材、现代敏感……这一切构成了奥登的风格。他见证了时代，代表一代人发出了痛苦、恐惧与希望混合的声音。

痛苦是一种真实：“是的，我们要受难，就在此刻；/ 天空像高烧的前额在悸动，痛苦 / 是真实的……”（《在战争时期》）人对别人的痛苦却往往是麻木无感：“痛苦会产生，/ 当别人在吃、在开窗、或正做着 / 无聊的散步的时候。”（《美术馆》）

恐惧是一种传染：“天空在飞雪 / 他抓紧手提箱轻快地走出站台 / 来传染一个城市，呵，这个城市 / 也许是刚刚面临它可怕的未来。”（《正午的车站》）恐惧是暴君驰过大地，却有着歌谣般的曲调：“我想我听到了天空中一片雷响，/ 那是希特勒驰

过欧洲，说：‘他们必须死亡。’噢，我们是在他心上，亲爱的。我们是在他心上。”（《歌》第二十八曲）

希望在于忍耐：“因为大地对人生总能够忍耐。”（《旅人》）希望在于耕耘：“靠耕耘一片诗田 / 把诅咒变为葡萄园。”（《悼念叶芝》）希望更在于正义的教导：“直到有一天作为我们这星体的供献， / 我们能够遵从正义的、清楚的教导，从而 / 在它激扬、亲切而节制的荫护下， / 人的一切理智能欢跃和通行无阻。”（《诗解释》）

1939 年奥登与挚友伊舍伍德一同移居美国时已闻名遐迩，美国诗歌界以极大的热情欢迎并接纳了这位来自大西洋彼岸的大诗人。次年，奥登皈依基督教。在长诗《海与镜》《暂时》《忧虑的时代》中，宗教主题一再出现，并蒙上了悲观的阴影。

美国时期，奥登一边在多所大学任教，一边勤奋写作，著有《阿喀琉斯的盾牌》《在屋内》《无墙的城市》《谢谢你，雾》等诗集，评论集《染匠的手》和《第二位的世界》，以及部分诗剧、歌剧歌词和书简。曾获普利策诗歌奖、博林根诗歌奖、全国图书奖和全国文学勋章。晚年的奥登甚悔少作，将自己的全部诗作整理删减成两册：《短诗结集 1927—1957》和《长诗结集》。1973 年，奥登因心脏病在奥地利维也纳去世，友人们为他立了一个纪念碑，上面镌刻着他《悼念叶芝》中最后两行诗——

在他岁月的监狱里

教导自由人如何去赞美。

奥登生前因为是一个同性恋者而常常受到舆论的非议和指责。从英国到美国，奥登与伊舍伍德几乎形影不离。在纽约，奥登认识了一位比他小 14 岁的犹太小伙子科尔曼，两人炽热相爱、同居。奥登视科尔曼为自己的“妻子”，科尔曼在生活中悉心照顾奥登，自己也成为一个小有名气的作家。奥登去世后，科尔曼继承了他的全部遗产。

奥登是一个热情的诗歌活动家。他是“耶鲁青年诗人丛书”的评选者，每年要为入选诗人写一篇序言。受到他提携和奖掖的青年诗人有艾德里安娜·里奇、W.S. 默温、丹尼尔·霍夫曼、约翰·阿什贝里、詹姆斯·赖特等。他在国际范围内保护和帮助过不少作家、诗人。为了帮助受纳粹迫害的德国大作家托马斯·曼全家取得英国入境证，他于 1936 年与曼的女儿结了婚。他还帮助俄罗斯诗人约瑟夫·布罗茨基逃到了美国。

布罗茨基有一篇 30000 多字的长文，专门谈论奥登一首九十九行的诗——《一九三九年九月一日》(这是德军入侵波兰的日子)。布罗茨基称奥登是“本世纪的批判者”“用英语写作的最谦恭的诗人”，这首诗呈现了压抑愤慨后的客观性和叙事色彩，冷峻而深情，诗人将爱看作拯救人类的力量：“我们必须相爱否则死亡。”诗歌循序渐进发展到最后，“抒情产生了真理，或者说，抒情变成了真理”。(布罗茨基）诗是以祈祷结束的——

我，如爱神和尘土
有着同样的躯体，

围困在同样的
虚无和绝望之中，
愿我献出肯定的火。

我是人人，我是无人。我是别人，
我是他而不自觉，他曾见过
另一个梦——我的醒。他评判着
他置身局外而且微笑。

——博尔赫斯

豪尔赫·路易斯·博尔赫斯：伟大的读者

在给1971年出版的英译本《博尔赫斯诗选》撰写的序言中，豪尔赫·路易斯·博尔赫斯（Jorge Luis Borges，1899—1986）声称："首先，我把自己看成一个读者，其次是一个诗人，然后才是一个散文作家。"

难道一个读者博尔赫斯比一个文学大师博尔赫斯更重要吗？某种程度上，是这样的。

当幼小的博尔赫斯接受父亲提供给他的拥有几千册藏书的家庭藏书室时，也接受了父母给予他的性格特点：内向、害羞、胆怯、敏感。直到成年，他尚未与女孩子有接触，父亲责怪他保持童男的时间太长了，有一天把他带到妓院，命令他跟一个女人睡觉，而这个女人早与父亲睡过不知多少次了。这一记忆使博尔赫斯十分痛苦和不快，一生都难以摆脱对性的恐惧。在《诗人》一文中，他含蓄地写过这次被迫的启蒙："一个女人，上天给他的第一个女人，在幽暗的地下室等他，他去找她，穿过石砌的蜘蛛网似的巷道和通向深渊似的斜坡。……在他陷入的肉眼的黑暗中，爱情和危险也在等他。”世界通过父亲之口发出一道粗暴的命令，这简直是卡夫卡式的命运。所不同的是，卡夫卡把它描写为梦魇和变形记，博尔赫斯则把它变成了迷宫——一个充满了老虎、镜子、匕首、面具、图书馆和书的魔幻空间。他受过失语的困扰，有一次去电台作广播演讲时竟一句话都说不出来。在母亲和心理医生的共同帮助下，他才摆脱了面对听众和观众时的恐惧，后来成为一个成功的演讲者。56岁失明后，他更离不开别人的帮助，八十多岁的老母亲成为他的秘书兼护士，成为他的眼睛和双手。埃米罗·罗德里格斯·莫内加尔在《生活在迷宫——博尔赫斯传》中写道：“他好像尚未离开母亲的子宫。或者，更确切地说，失明把他永远地送回了母亲的子宫。”

博尔赫斯生前对自己的私生活总是闭口不谈，讳莫如深。然而，深入他性格的隐秘世界，或许也恰恰更能找到“读者博尔赫斯”的起源和成因。这样一个重返子宫的婴儿、恋母者，沉思默想的迷宫设计者，你不能要求他成为惠特曼那样的放声高歌者、波德莱尔那样放浪形骸的行动者和聂鲁达那样热心投身政治的人，他凭借阅读进入书的坚固堡垒，领受书卷的光芒笼罩，成为直接的读者和间接的作者。

说博尔赫斯是间接的作者，是因为现实生活似乎从不进入他的视野，他也从不在自己的生活中寻找创作题材。他是一个探索形而上学与宗教文学的人，一个召唤想象的巫师，一个有书卷气但无学究气的清新的诗人。“博尔赫斯世界独一无二的特征在于：在那里，生存、历史、性、心理学、情感、本能等，都被消解了，都被压缩为仅仅属于精神的天地。生活，这个沸腾和混乱的骚动，是经过博尔赫斯的过滤变成神话，经过升华成为概念之后来到读者面前的。”（略萨）经过他的思想和创造，不断归来的是梦境、永恒和对一首无穷无尽的诗的回忆……写作，对他来说，是用语言的魔法捕捉“第三只老虎”——

我们要寻找第三只老虎。这一只
像别的一样会成为我梦幻的
一个形式，人类词语的一种组合，
不会是有血有肉的老虎
在神话以外的世界上踩遍大地。

——《另一只老虎》

这种神话般的写作建立在贪婪的阅读之上。早在父亲的藏书室里，童年的博尔赫斯就读了《一千零一夜》《堂吉诃德》。《神曲》先后读了十几遍。从荷马史诗到《熙德之歌》，从《圣经》《古兰经》到印度的《摩罗衍那》，中国的《红楼梦》，阿根廷的《马丁·菲耶罗》……大概没有一个作家的阅读量可以与他匹敌。——也许在空间交叉、时间无限拉长的迷宫中，他已读尽世上所有的书。博尔赫斯认为，一切阅读都暗示着一项合作、一次同谋。每一本书都满载着逝去时光的含义，每一个死去的大师都是活着的：荷马、但丁、欧玛尔·海亚姆、蒙田、塞万提斯、莎士比亚、叔本华、卡夫卡……都是他的“合作者”和“同谋犯”。他的笔，用来写，更用来传递。荷马的剑、但丁的豹、弥尔顿的玫瑰、济慈的夜莺、柯勒律治的花，在他笔下重新复活了。

博尔赫斯将读书视作一种享受，而写诗是另一种较小的享受。当他成为盲人后，继续大量购书，让书堆满每个房间。因为这样使他感到幸福——书给他带来无与伦比的幸福。他狂热地崇拜书、占有书。书是记忆，是想象力，是无限。他倾向于萧伯纳“所有值得反复阅读的书都是神灵的作品”的说法，同意马拉美“世界的存在是为了成就一本书”的观点，更欣赏布洛伊“一部永不结束的书是世上唯一的东西，就是世界”的妙论。

万物都是一种语言的词汇
某人或某物夜以继日地
写下无尽的谵言呓语
这就是世界的历史。

——《罗盘》

关于他对书的崇拜、迷恋乃至恐惧，还可以在他的小说中找到佐证。博尔赫斯的不少小说以书为主题，书就是故事的主人公。《沙之书》写了一本像沙一样无限无尽的书。“我”成了这本书的俘虏，长期失眠，偶尔入睡也梦见它。这本书像一个怪物，使拥有它的人也成了怪物。“我”想把它付之一炬，却担心一本无限的书烧起来也是无穷无尽的，使整个地球乌烟瘴气，最后只好把它藏进一个巨大图书馆的地下室，像一片树叶回到树林，让它消失，把它遗忘。《秘密奇迹》写了一个梦：

一位图书管理员在克莱门蒂农图书馆里寻找上帝，据说上帝就在40万卷图书中的某卷某页某字里，为此他的父母、他父母的父母以及他自己都找瞎了眼。在另一篇《巴别图书馆》中，博尔赫斯把宇宙比作一个图书馆，它由无数的六边形陈列室组成。每个六面体的每面墙上排列着五个书架，每个书架上有32本书，每本书400页，每一页40行，第一行大约有80个黑色字母，这些字母又是混乱无序的。人们写下这些书后，却把自己取消了，变成了幽灵。博尔赫斯写道："人类——这唯一的种族——正在自行消灭，而这个图书馆会继续存在——光亮、孤单、无限、一动不动。装满宝贵的书籍，既无用，也不朽，保守着秘密。"

书构成了图书馆，是一个个呼吸的、睡眠的肉体，等待被触抚、打开。"抛下了广场的嘈杂声响，我走进图书馆。立刻，以一种几乎是肉体的方式，我感到了书籍的重力，有序事物的宁静气氛，被挽救，被神奇地保留下来的往昔。"（《致莱奥波尔多·卢贡内斯》）博尔赫斯于1937年进入图书馆工作，自此，几乎一生都没有离开图书馆。1955年，他被任命为阿根廷国立图书馆馆长时，已经开始失明。他写道："上帝赐给我80万册书，同时使我失去光明，这真是妙不可言的嘲弄。"

的确，他再也不能阅读了，只能在母亲和妻子玛·儿玉的帮助下听读，只能凭记忆去温习读过的书。但与此同时，另一个博尔赫斯诞生了：他从散文转向诗歌，从自由诗转向格律诗，从复杂微妙的风格转向单纯明澈的追求，他成了一个口授大师、一位现代吟游诗人。

他想起了荷马和弥尔顿。他说："荷马就仿佛是对我本人的尊崇，他的失明就仿佛我的失明，他对黑暗的接受就仿佛我对黑暗的接受。失明降临于我，就像缓缓来到的黄昏……"也许，图书馆里那些百科全书、地图册、东方与西方、世纪、朝代、符号、宇宙与宇宙起源的学说已经与他无关，但他平静地接受了这缓缓来到的黄昏，以及黄昏身后的漫漫长夜。面对黑夜，他寻找一种"黎明的语言"。

要把岁月的侮辱改造成
一曲音乐，一声细语和一个象征。
——《诗艺》

在一个幽静、蒙尘、无穷无尽的图书馆里，我总觉得博尔赫斯是一只读书的饕餮，不过这是一只文雅的、细咽慢嚼的饕餮，有着一副好胃口和无坚不摧的消化功能——吃下书籍，消化世界。有时，他又为不能读尽整个图书馆而苦恼、叹息。他在图书馆内静思、漫游、徘徊，直至成为一个幽灵，一个他自己所说的"无人"。

惠特曼曾说过"唯其存在伟大读者，伟大作品的产生才是可能的"，这一因果律被博尔赫斯打破，两种"伟大"在他身上合而为一。如果世界丧失了所有的读者，你也不能说已没有读者，还有这一位：博尔赫斯，一位伟大的读者，一个无限的个人。

我说话时，他一直保持冷静和沉默，

当我憎恨时，他温柔地包容我，

在我不在的地方他行走，

在我死去的时候他会伫立。

——希梅内斯

胡安·拉蒙·希梅内斯：小银和他

1906年，在西班牙首都马德里，25岁的胡安·拉蒙·希梅内斯（Juan Ramón Jiménez，1881—1958）已经出版了《紫罗兰的心灵》《悲哀的咏叹调》《远方的花园》等诗集，已是一位颇有名气、为诗坛所瞩目的青年诗人。然而哀伤像幽灵一样一直跟随他、纠缠他，使他陷入极度的苦闷之中——

我的灵魂是灰色天空
和枯叶的姐妹。
秋日深情的太阳
穿透我吧，用你的忧伤！

——《我的灵魂》

自从1900年父亲去世，希梅内斯产生了自己会突然死亡的预感，他说："从那时起，我便认定死亡常常跟在我的身边，这种观点和我原本内向的性格相结合，造成了我终生的忧郁与哀伤。"同时，加上体质的虚弱——头晕、心脏抽痛和肺部窒闷，哀伤在大都市似乎被放大了，使他深陷其中不能自拔。

为了摆脱这个苦闷的深渊，希梅内斯回到了家乡——安达卢西亚的莫格尔，一个阳光灿烂、尘土飞扬的南方市镇，在那里过了六年的隐居生活。他最著名的作品、散文体诗集《小银和我》（由138个片段组成）便写于这个时期。

小银普拉特罗是一头小毛驴，长得温柔可爱，身上毛茸茸、软绵绵的，好像一团棉花，只有那双亮晶晶的眼睛像黑水晶的甲虫。它喜欢吃橘子、琥珀葡萄、深紫色无花果。它温柔得像一个小女孩，却又强壮、坚实得如一块石头。人们说它“简直是钢铁”，希梅内斯说，是钢铁，同时又混合着月色般的白银。

希梅内斯用细腻深情的笔触描写小银普拉特罗：“它是溪水与蝴蝶，太阳与狗，花朵与月亮的朋友。”“像一个妇人那样谦卑和服从。”“它和我那么相像，我甚至相信，它梦着我的梦。”希梅内斯与小银相亲相爱、相依为命，我中有你，你中有我，——小银也可看作另一个“我”。当诗人穿着丧服，蓄着基督徒的胡须，戴着一顶窄边帽，骑着小银走过葡萄田的小路和尘土飞扬的街巷时，一群吉卜赛人的孩子跟在后面，高声叫喊：“疯子！疯子！疯子！……”而小银和诗人则看到了同一个和谐明净的天空——他们的命运已融为一体。

通过《小银和我》这首“安达卢亚西的挽歌”，希梅内斯力图唤醒童年记忆，恢复人的童心。故乡的雨水、阳光、清风、蓝天、绿色田畴、斜阳中的村落、陋巷的紫色阴影、教堂尖顶、鹅卵石的院子、水井、畜棚、屋顶露台、胡椒树和橄榄林、石玫瑰和香薄荷……组成一幅幅乡土风情画，进入小银和“我”的视野。无论是写一只山羊、一匹小公马、一条癞狗，还是一只鹦鹉、鸭子、梅花雀和蟋蟀，希梅内斯都怀着脉脉温情和体贴入微的关爱，为它们重新命名。而莫格尔的居民：法国医生、教士堂何塞、兽医达尔本、脸上涂着面粉的疯女人阿尼娜、吉卜赛人、肺病者、幻灯片老头、酒窖工人、牧羊人、乞丐、猎户、一群男孩和女孩……诗人对他们的命运充满了体谅和理解。这一切都来自莫格尔这一永恒的灵感和源泉，在悲哀的挽歌曲调和真切的忧郁中，去接近一种“绝对的美”。

但时间不长，由于误食了毒草根小银死了。希梅内斯把它葬在果园的一株青松下。他与孩子们去它的墓地时，惊讶地看到“一只美丽的白蝴蝶，从一朵蝴蝶花飞到另一朵蝴蝶花，像一个灵魂”。希梅内斯坚信这就是小银的灵魂，它是不死的，它已经升天。

小银是美丽、纯净与爱的象征，希梅内斯向它献上了一篇情真意切、感人肺腑的祷辞——

> 温柔的、踏着小快步的普拉特罗，我亲爱的小毛驴，常常驮着我的灵魂。——沿着长满果树、锦葵和忍冬花的小路：这本书是写你的，献给你的，现在你可以明白它了。
>
> 这本书，会通过莫格尔风景的灵魂抵达你的灵魂。你的灵魂，正在天上吃草，莫格尔的灵魂也一定跟你同去天堂。这本书背负着我的灵魂，骑在纸面上，在开花的荆棘中间，向上奔驰，日复一日，变得更加仁慈、平和、纯洁……

《小银和我》没有使希梅内斯摆脱悲哀的困扰，某种程度上还强化了这种悲哀，而家乡莫格尔颓败和没落的悲凉气氛（包括家道衰落）更为悲哀增添了新的理由。在莫格尔的六年，希梅内斯还写了《挽歌集》《悲歌》《迷宫》等诗集，主题都围绕两个字：悲哀。

有人指出，悲哀在希梅内斯身上已不是稍纵即逝的情绪，而是一种生活的艺术。“这是一种男性的悲哀、一种南方人的悲哀，更是一种在多阳光的土壤长大的人特有的悲哀。……他就是生活在悲哀里面。”（金・吉欧诺《希梅内斯及其作品》）悲哀成为希梅内斯生存的凭借和气质的源泉，从这个源泉中开放出颤抖的、带泪的、欣悦的花朵。

1912年，希梅内斯离开莫格尔回到马德里，这意味着他“第一时期”的结束和“第二时期”的开始。由于他作品中绘画般的色彩感（安达卢西亚还是大画家毕加索、米罗和达利的故乡），有人也把这两个时期称为“灰绿时期”和“白色时期”。在马德里，希梅内斯结识了后来成为他妻子的波多黎各女诗人桑奴比亚・堪普拉比，她有一半西班牙血统，一半美国血统。倾心的相恋使希梅内斯品尝了爱情的甜美果实，幸福的阳光驱散了忧郁的阴云，同时带来了诗风的转变。1916年春天，他们在纽约结婚。蜜月期间，希梅内斯写出了《一个新婚诗人的日记》。这本诗集以大海和爱情为主题，调子明朗，心情喜悦——

啊，我的灵魂多么安详
当它像一位孤独、纯洁的女王

占有了自己无限的领地

希梅内斯的确占有了自己无限的天地。此时的他，精力充沛，写作状态极佳，陆续写出了诗集《永恒》《石头与天空》《美》，散文集《旅途札记》《全季》《新光明之歌》等，进一步奠定了他作为“20世纪西班牙抒情诗之父”的地位。

这一时期的希梅内斯，写诗、编刊物、搞翻译、从事理论研究。他致力于“向黑暗的世界倾泻出纯洁和馨香”(《我不想再见到天上的星星》)，要把诗歌变成“每天清晨的露珠，每个夜晚的婴儿”(《诗歌，露珠》)。他追求一种“赤裸的诗歌”，认为写诗的目的是为了让美好的事物经久不衰。他抛弃装饰美，趋向纯洁性和简洁性，趋向直率和透明。这种清洁的追求，正如瑞典诗人雅尔马·古尔伯格提醒我们的，“在希梅内斯花园的入口处，旅游者应遵守与进入一家清真寺同样的规则：在洗濯处洗手、漱口、脱鞋，等等”。

希梅内斯这座诗歌花园里玫瑰盛开，果树飘香，鸟儿啼唱，日月争辉。它的绚烂明亮使我们差点忘了他气质中的悲哀。但悲哀不会轻易放过诗人；它只是走开一会儿，躲进了一个半明半暗的背景中。——它在幕后窥视，随时准备把诗人击倒在地。

西班牙内战爆发后，希梅内斯不愿站在任何一方，携妻子自我放逐国外，辗转美国、古巴数国后定居波多黎各。

当1956年诺贝尔文学奖授予他的消息传来时，希梅内斯正在波多黎各圣胡安一家私人疗养院陪伴因癌症而生命垂危的妻子。好消息使桑奴比亚艰难地露出了一丝欣慰的笑容。3天后，她就去世了。由于悲伤和病痛，希梅内斯未能亲赴斯德哥尔摩，而是委托他的好友——圣胡安大学校长雅莫·贝尼泰斯领取这一“由于他那西班牙语的抒情诗为高尚的情操和艺术的纯洁提供了一个范例”而授予的诺贝尔文学奖。在颁奖典礼上，雅莫·贝尼泰斯转达了诗人的心情：“我的妻子桑奴比亚是这一奖赏的真正获得者。40年来她的陪伴、她的帮助和她的鼓励，才使我的作品有可能产生。今天，她不在人世了，我感到孤寂凄凉和无依无靠。”

两年后，希梅内斯追随爱妻的亡灵而去。他们双双葬在莫格尔蔚蓝的天空下。

我可畏的哗笑之王，瞧这大地上，翻转了的梦幻，

像沙的高岗对于波涌浪叠的海的回声，瞧呀，瞧这

耗竭了的大地，这襁褓中新的时辰，和我的心，奇韵的宿主吧。

——佩 斯

圣-琼·佩斯：心灵的史诗

写作，在某种程度上不是智力的运动，而是体力的表现：一种灵魂的体力劳动。激情是一匹马达，而思想则是一台深入持久的挖掘机，它们是有翅膀的。圣-琼·佩斯（Saint-John Perse，1887—1975）宏伟壮丽的诗篇正是超凡“体力”的呈现。而1960年诺贝尔文学奖授予他的理由是“因为他诗歌中振翼凌空的气势和丰富多彩的想象，使当代在幻想中升华”，也正是对这种“体力”的评价和赞誉。

佩斯是出色的诗歌进行曲、宣叙调和赞歌的指挥家——他从他帝国般的灵魂中派遣并指挥了这种“体力”。他诗歌中驰骋大地、横扫天空的力量是生命力和想象力旺沛的见证，建立在自由精神、绝对自信、文明记忆、自然神奇和“铁的词语”之上，是活力、强力、威力乃至暴力——

……热情的植物，啊光亮，啊宠爱！……

——《歌颂童年》

饥饿的闪电指示我去西部的那些省份。

……一条伟大的暴力原则支配着我们的道德。

——《远征》

我们的思想奔向尸骨累累的道路上的战斗。

——《流亡》

强力更新了大地的床……

——《风》

致敬，向神圣的勃勃生机致敬！

——《海标》

我们是放养未来的牧人。……更勇敢的冒险已经为我们歌唱。新手开辟出道路，灯火从一座山峰传递到另一座山峰……

——《纪年诗》

佩斯旨在唤醒与颂扬，“为我们唤醒封闭在未来的大页岩里的新文字”。与古代史诗有所不同，虽然他采用了《圣经》诗歌松散的格律形式和法国英雄史诗的内在节奏，并将它们融为一炉，但他雄心勃勃、颇具长度的诗篇不再是对神灵和英雄的敬献，而是直接面向人——“在两面锋利的事物中……被神困扰的人”，面向人的心灵——“唯有心灵的历史才是历史，唯有心灵的自在才是自在。”罗杰·凯洛在《圣-琼·佩斯及其作品》

一文中说："佩斯记录种种令人感动的人类情绪，从卑俗动摇的世界把它们提升起来，重新镶上并饰以宝石，使事物的单纯与力量热烈起来，不至于消失。"因此，将佩斯的诗称为"心灵史诗"大概是准确的。

诗人圣－琼·佩斯，法国人阿莱克西·圣－莱热·莱热（本名），外交官阿莱克西·莱热，是同一个人。1887年，他出生于西印度洋法属安的列斯群岛的瓜德罗普岛，在棕榈树和芒果树的热带乐园度过了童年时代。11岁时因小岛地震返回法国本土。他学过法律，受克洛岱尔等人影响，于1914年投身外交界，担任过外交部办公室主任、秘书长，参议院议员。二战时，亲纳粹的维希政权把他视为危险分子，取消了他的法国国籍。他被迫流亡美国，担任华盛顿美国国会图书馆文学顾问。法国光复后恢复了他的全部权力，但他拒绝重返外交界。1957年回到阔别17年之久的祖国，此后轮流在法国和美国生活。70岁时与美国人杜勒斯·罗素女士结婚。1975年在法国日昂半岛的私人别墅去世。

佩斯与中国有过一段缘分。1916年至1921年，他被派驻北平，担任使馆三秘。期间，他游历了中国东北、外蒙古、朝鲜和日本。回国后，安德烈·纪德在他的行李箱中发现了一批写于中国的手稿，其中就有《远征》，就把它发表在自己主编的《新法兰西杂志》上，首次署名圣－琼·佩斯。

《远征》是1920年5月赴蒙古的高地、沙漠和戈壁探险之后的产物。中亚细亚神奇的景观、湮灭的文明使佩斯入迷，激发了他的创作冲动。他租借北京郊外的西山道观，断断续续用半年左右的时间写成这首诗。佩斯很喜欢西山道观，这里"破落而完整”“远离北京市嚣”“所有的大窗户都向纯粹的黑夜开放，人的精神在这里十分安宁，几乎是无穷无尽的……仿佛还可以听到时间的消逝”。山东画报出版社出版的《老照片》第四辑发表过佩斯一组照片，其中有一张是诗人与道观的合影，虽然可以看出是后期合成的，但足见他对这一幽静的理想写作环境的留恋。

2014 年 5 月 8 日，我应邀参加“中法诗歌节”，在北京西山刚刚落成的圣－琼·佩斯纪念亭前，与法国诗人雅克·达拉斯一起用双语朗读《远征》片段，作为揭碑仪式的一部分。我朗读的是管筱明的中译本。时隔近百年后，得以向这位有着“东方情结”的法国诗人表达一份自己的敬意。

与克洛岱尔·保罗、维克多·谢阁兰等人一样，佩斯对中国文化表现出浓厚的兴趣，并试图去接近这一文化的灵魂。他有许多中国朋友，如被他称为“知识分子的王子”的梁启超和北洋政府外交总长陆征祥。张勋复辟时，他受命保护过黎元洪总统的家人。在致母亲的信中，他称中国是“一个奇特而不可思议的国度”，在回答安德烈·纪德的提问时说中国有着“无名和阴历的大地，空间卓然独立，如同时间”“北京——世界天文中心，超越时空，是绝对的存在；紫禁城——美妙的抽象，这世界最后的‘几何聚合点’”。他还准确地预言了中国革命的发展方向：“我坚信，中国的农民有一天终会成为中国大革命的基本元素，所以在地球这广阔的一角，中国农村的群众终将决定整个亚洲未来地缘政治的道路。”

除《远征》外，瑞典科学院常务秘书安德斯·奥斯特林在诺贝尔文学奖授奖词中着重提到了佩斯下面几部作品：《歌颂童年》《流亡》《风》《海标》《纪年诗》。授奖词盛赞佩斯诗歌的崇高、明朗、豪放的想象和英雄式的呐喊，说他的诗歌“使人联想起那些流泻出和谐音乐的巨大海螺”。下面我们对佩斯的6部主要作品作一简要概述：

《歌颂童年》——童年与怀旧之歌。是诗歌中的“追忆似水年华”。佩斯用想象去复活瓜德罗普岛热情的植物、果子、畜群、皮肤发亮的高大姑娘、一只只粉红的月亮、鱼、鸟、绿昆虫和晴好的日子。时光倒流，失去的世界又回来了，童年乐园（“阳光灿烂之地”）被语言创造出来，恍若眼前。

《远征》——探险与征服之歌。“我有幸在三大季节定居。我在土地上立下我的法规，我为这方土地精心占卜。”诗人就是这东方大地的君主，是立法者、征服者和城市缔造者，“如同大地乘自己有翼的种子飘游，诗人凭自己的话语游历”，为了“记下这一首最兴奋民族的歌”。

《流亡》——心灵与命运之歌。因为“流亡并非始于昨日”，流亡是人类普遍的命运，“硝石和泡碱是流亡的主题”。浪子把歌的神秘力量保留在我们中间，为了让诗人说出他的姓名、出身和种族……关于这首诗，佩斯在《关于诗的谈话》中说：“《流亡》并不是描写抵抗运动的。这首诗反映的是人类命运的永恒流亡。一首没有来源且没有内容的诗。”

《风》——元素与力量之歌。“风在劲吹！风在劲吹！听吧，再听一听那雷雨在夜的大理石里耕耘。”风意味着毁灭、创造、新生，意味着“嘴里含的仍是死亡的雷管”，意味着“禁止以忧愁为生”，意味着“人的重整旗鼓”，它预言了新人的诞生：“你的脸是从诸神那里收回的，你的神采是从铁铺炉火里夺回的，你将听见岁月流逝，和将在鞘翅和贝壳残屑上再生的事物的欢呼。”

《海标》——大海与情欲之歌。这是女性的大海，是女演员、贵妇、女诗人、神甫家那个姑娘的大海，它“高过我们的脸，平了我们的灵魂”。在大海的磅礴交响乐中，佩斯插入了一对情侣的对话、低语和梦呓，大海融入他们身上，成为呼吸的起伏……倘若大海是“伟大艺术的乳母”，情欲难道不是吗？佩斯毫不含糊地说：“只有在爱的船上才有更高级的侵占。……只有在爱的航船上，才有更伟大更高尚的战斗。”

《纪年诗》——黄昏与高龄之歌。也是经验与智慧之歌。高龄在生长，但灵魂仍然渴望着冒险，“我们裸露出面孔朝向更广阔的竞技场”……只是步伐已有些庄严、肃穆。现在，在人生的黄昏，佩斯可以无愧地恳请真正的评判：“高龄呵，我们到了高龄，请量一量人的心灵。”

如同这些作品中那个勇敢者和胜利者的形象一样，佩斯对诗歌始终抱有足够的信心。他认为，任何精神作品首先是“诗的作品”，包括科学，也需借助诗的想象。他称诗是“震撼的女儿”，诗人是为我们破除陈规的先驱。如果说，神话瓦解时，神灵在诗中间找到了庇护所和驿站，那么，面对原子能，诗人的泥灯够吗？佩斯回答说，“够的，如果人们还记得泥土”。

我们对诗歌的信心，同样在他身上得到佐证：作为诗人的圣－琼·佩斯，肯定会比作为外交官的阿莱克西·莱热活得更为长久，更加深入人心。

写下来，如果你能在你最后的贝壳上写下

那日子那名字那地方

并把它抛入大海。

——塞菲里斯

乔治·塞菲里斯：石头的忍耐

希腊是个小国，却有着伟大而悠久的传统。地中海蔚蓝的波涛、奥林匹斯山的层峦叠嶂和古人心中的阳光孕育了这一灿烂的文明。它以爱与正义为基石，以灵魂和肉体的纯洁完美为追求。古希腊文明是绵绵不尽的甘霖，是耀眼夺目的太阳，滋润和照耀了整个西方。作为这一文明的儿子，沟通历史向文明致敬，并且以个人体验发出对远古文明的当代呼应和回音，正是乔治·塞菲里斯（Giorgos Seferis，1900—1971）的追求。

“要是我有食欲，也只能尝尝泥土和石头。”兰波的话显然对塞菲里斯是有启发的，他把它作为 1935 年出版的诗集《神话和历史》的题记。这本诗集是塞菲里斯第一枚成熟的硕果，尽管 1931 年出版的第一本诗集《转折点》已被誉为希腊现代文学的“转折点”。塞菲里斯的“神话和历史”就是兰波的“泥土和石头”，他怀着现代人饥渴的食欲要去品尝它们，这一饥渴来自对文明的缅怀和向往——一种精神怀乡病：“我们，远道来朝圣的人，/看着这些残破的雕像便忘记了自己，/我们虽然至今还站得笔直/却正在死亡，变成石雕的兄弟。”“在残破的石雕间漫游了三千年或六千年，/在那些崩溃的也许是我们家园的建筑物中搜寻，/尽力回忆历史的年代和英雄的事业：/这任务难道我们还可能承担？”塞菲里斯虽有疑问，却果断而自觉地承担起了某种使命。在希腊的神殿、偶像、石碑、彩饰、碎片和废墟间漫游、逡巡，这位诗人脸上有着庄严的哲学家和史学家的气质（一个阿西尼王的面具？），他更像一位执着的考古挖掘者，拨开泥土和石头，往土地的深层和时间的源头挖掘。他是如此投入，即使汗流浃背也忘了停下来拭一拭汗水，直到诗的犁头与历史的实体碰撞出四溅的灵光，直到文明受到震动，从沉睡中苏醒。

在这个四周全是山岳，白天黑夜以低低的天空为屋顶的国度，塞菲里斯用他的写作表达了对低处、记忆和根的神往，如他自己所说的“向石头里沉溺”。

在这里，石头是文明的象征，它坚硬而沉重，凡是举起过它们的人都已经下沉了。塞菲里斯要尽自己所能举起这些石头，尽自己所能珍爱这些石头，因为这些石头是他的命脉。他因自己的土地受伤，为自己的文明受苦，因自己的神祇而受到惩罚，都是缘于这些巨石。

这些石头太重了，以至于在大地上扎下了根，诗必须迅速长出自己的根，才能追赶上石头之根。坐在石头上，诗人并不轻松，需要耐心——百倍千倍的耐心。

我们在忍耐的石头上等待奇迹，
它会打开天堂使一切成为可能。
——《厄洛蒂科斯洛戈斯》

奇迹不在别处，只在人类的血脉里循环不已。问题是必须要用石头般的耐心和力量去拦截，奇迹才不至于流失，才停留下来，为我们所拥有。塞菲里斯做到了这一点。他经由“死者的引导”，使血液里“牺牲的消息”成为胜利的预言：“那些古代的亡人已逃脱了轮回并重新站起，/流露出神秘安详的笑脸。”

水与石是世界的两人元素，孕育文明并共享文明。长诗《水池》表达了对文明的另一形式的阐释。水池在土里扎下了根，它是温暖、荫蔽的贮藏所，积存着每个身子的呻吟，以及同白天黑夜的斗争——“黄昏像过客般降临，/接着是黑夜，接着是坟。”——世界在成长、经过，但不向水池挨近。一个象征体的水池，已超然于物外，因为贮藏着伟大纯洁的爱，而变得安宁，仿佛随着太阳和月亮的轮转，水已变硬，成为一面明镜。水池是生命之根——生命慰藉之所在，它的功能是贮存、聚集——“把我们伤口的疼痛聚集起来，/使我们逃脱伤口的疼痛；/把肉体的痛苦聚集起来，/使我们逃脱肉体的痛苦。”塞菲里斯相信水池对文明的浸润是一种爱的注入——

爱永远将死亡编织，
于是，一个教人以沉默的水池
像一个自由的灵魂，留在炽热的城市。

《水池》有浓郁的象征主义色彩。如同里尔克有他的杜依诺，艾略特有他的荒原，瓦雷里有他的海滨墓园，塞菲里斯有了他的水池。

伟大诗人都有人类主义和理想主义追求，但这一追求的出发地是爱国主义和民族身份认同。我们不能不动脑筋地空喊“越是民族的就越是世界的”，但一个诗人的出发地不容忽视，它是一个人的不可选择性，以及灵魂的起源地。考察塞菲里斯的一生，他的个人命运与家国命运、民族命运紧紧联系在一起。

从公元前 4 世纪开始，古希腊先后沦于马其顿人、罗马人和土耳其人的奴役之下，直到 1830 年才获得独立。1922 年，小亚细亚事件发生，诗人的故乡斯弥尔纳并入土耳其版图，使其大受震动。1941 年，墨索里尼的军队占领了希腊，塞菲里斯随希腊政府流亡国外，辗转埃及、南非、意大利等国，直到 1945 年才回国。塞菲里斯是战后希腊政府出色的外交官，先后任希腊驻黎巴嫩、叙利亚、约旦、伊拉克和英国的大使，作为希腊代表团成员参加了联合国关于塞浦路斯问题的讨论。1962 年从外交部退休，定居雅典。1963 年获诺贝尔文学奖。

不论是国难当头时的背井离乡，还是长期旅居国外的外交生涯，都使塞菲里斯有漂泊、流亡之感。人成为孤零零地死掉的种子，没有土壤可以生根发芽，“记忆，碰到哪儿都是痛的”，祖国已成为一个“有着古代墓碑和当代忧郁的国家”。这种情绪在中晚期的诗集《航海日志》（一、二、三编）和《“画眉鸟”号》中都有所体现——

太阳的家乡，可是你不能面对太阳。

人的故里，可是你不能面对人类。

——《“画眉鸟”号的残骸》

不仅从时间的竖直线上，而且在空间的横轴上，塞菲里斯同样真切地感到了“荷马的世界，不是我们的”（奥登）。这个十字架已沉重地钉在诗人身上，使他成为一个孤独、沉郁、痛苦的现代奥德修斯。个人命运、时代命运和历史命运三位一体地交织在一起。为了映照希腊的存在，距离、乡愁和重返故土的热望必须被点燃起来。

是的，奥德修斯必须回来，以便完成时空中的双重回归——回到地理和历史意义上的祖国，因为荷马的世界是我们的。“那血，那血，总有一天早晨会站起来。”这是奥德修斯的血站起来了，激励他踏上还乡之路。由于泡够了苦咸的海水，他的眼睛已熬得通红。渐渐地，奥德修斯终于看到了故土的炊烟和守候在门前的老狗……

塞菲里斯在地理和历史中还乡，在石头和水池中还乡，在语言和语言的光芒中还乡，他要回到世界之根。“他是把握住了弥漫在希腊大地上的永恒精神的人。”（亨利·米勒）“他的优秀抒情作品中洋溢着一种对古希腊文化遗产的深挚感情。”（诺贝尔文学奖授奖理由）这些评价一点也不过分。

塞菲里斯沉郁的风格饱含了古希腊悲剧的力量，却表现得克制而纯粹。对普遍命运的忧虑没有使他消极、沉沦，而是使他转向对爱与正义的追求，并在诗中建设这爱与正义的法则。

他坚信，对于这个让我们受恐惧和不安折磨的现代世界，诗歌是必需的。——诗歌植根于人类的呼吸之中。

而人类，是文明的创造者。塞菲里斯热情地肯定了人。他说：“我们必须在凡是能够找得到的地方寻找人。”俄狄甫斯在去忒拜的途中遇到了斯芬克斯，他对它的谜语——什么东西早晨四条腿、中午两条腿、晚上三条腿走路——的解答是“人”。这个简单的字把那怪物彻底打败了。塞菲里斯说：“我们还有许多怪物要打。让我们想想俄狄甫斯的解答吧。”

塞菲里斯正是在这一信念下写作，去解答斯芬克斯之谜。他努力寻找正确的调子和准确的表达。在 1946 年的一则日记中，他谈到写蜻蜓的一个例子：不是“一只蜻蜓；/ 扇动翅膀——/ 落在胡椒树上”，而应该是“一棵胡椒树：/ 把翅膀加于它——/ 蜻蜓”。他认为后者才是诗。

写作，给人类带来了奇迹，给世界带来了变化。写作，也许只是——如塞菲里斯所说的——

你写作：
墨水在减少，
海浪在增多。

——《俳句十六首》

我喜欢你是寂静的，仿佛你消失了一样，

遥远且哀伤，仿佛你已经死了。

彼时，一个字，一个微笑，已经足够。

而我会觉得幸福，因那不是真的而觉得幸福。

——聂鲁达

巴勃罗·聂鲁达：上帝的面包师

智利像太平洋和大西洋之间一条长长的有褶皱的飘带。巴勃罗·聂鲁达（Pablo Neruda，1904—1973）就诞生于这个森林密布、山石遍地的狭长国度。他曾于20世纪50年代两次来中国，第一次是1951年向宋庆龄颁发列宁和平奖，第二次是1957年参加世界和平大会之后正式访问。

当聂鲁达降生在智利中部帕拉尔城的一个铁路工人家庭时，雨水迎接了他："雨一个月接一个月地下，整年整年地下。雨水瓢泼似的落下来，仿佛一根根玻璃针，砸碎在千家万户的屋顶上，又像是透明的波浪拍打着窗户，而每户人家就是一条船，驶过冬天的海洋，吃力地抵达港口。"在死后出版的回忆录《我曾历经沧桑》中，他回忆了故乡的雨水，继续写道："唯一令我难忘的就是下雨。……我降生到人间，降生到大地，降生到诗歌中，降生到大雨里。"在婴孩聂鲁达的摇床边，雨水是一种倾诉，抒发着大自然的胸臆——雨水和被它沐浴的大自然，成为他的第一个启蒙老师。直到晚年，聂鲁达都称自己是“大自然的诗人”。

聂鲁达从孤寂的童年和多雨的家乡出发了。他 13 岁发表处女作《热情和毅力》。17 岁写的长诗《节日之歌》获全国大学生诗赛一等奖。19 岁出版第一本诗集《黄昏》。20 岁发表成名作《20 首情诗和一支绝望的歌》，这是青春期爱寻欢作乐的产物，充盈着肉欲与梦幻之美。聂鲁达 23 岁开始外交生涯，先后担任智利驻仰光、科伦坡、雅加达、新加坡、布宜诺斯艾利斯、巴塞罗那、马德里、墨西哥城领事和驻法国大使。他一生到过几十个国家，写了几十本书，实现了他自己所说的“把一切统统摸个遍”的雄心壮志。20 世纪 30 年代，聂鲁达在新加坡和西班牙完成了《大地上的居所》一、二卷的写作。在陌生的国度和陌生的人群里，他觉得难以与周围的环境沟通。尤其在南亚，在热带海岸边，身体和灵魂如同一堆日夜燃烧的孤独篝火，不同肤色的女友像肉体闪电一样从他床上匆匆而过，也无法将孤独之火熄灭。由于“很难呼唤现实”，而遁入内心的冥思与狂想。这些诗作拥有痛苦、晦涩、超现实主义的风格，主题集中于死亡、忧郁、黑夜、性、梦、绝望和毁灭，在内心世界的挖掘上鞭辟入里，代表了聂鲁达“阴郁而危险的时期”——

在黑暗与空间，花边与少女之间

有着古怪的心，做着不祥的梦

——《诗学》

1936 年，西班牙内战爆发，聂鲁达正在马德里。西班牙内战改变了他的人生道路，也改变了他的诗歌创作倾向。诗人、好友加西亚·洛尔伽的被害更是令他震惊。他写下组诗《西班牙在我心中》支持西班牙人民的正义事业，组织出版《世界诗人保卫西班牙人民》杂志，成立“拉丁美洲援助西班牙组织”，四处奔走营救西班牙爱国志士。他强调诗人的精神责任、永恒的人道主义和高度觉悟，要求自己比亚当更赤裸地投入生活，与人民站在一起。他说：“对于诗人来说，能够在一分钟内表现出人民的希望也是难以忘怀的。”

从狭窄走向辽阔，从悲伤走向充实，从晦涩走向明朗，一个思想的诗人变成了一个行动的诗人，一个小众的聂鲁达变成了一个大众的聂鲁达。

政治舞台上开始出现他活跃的身影。“政治生活像雷一样把我从创作中拉出来，我再次回到人群中。”政治成为聂鲁达的理想和献身人类幸福的手段。他加入了智利共产党（聂鲁达称之为“热情之花”），担任了国会议员，创作了大量政治抒情诗，如《献给玻利瓦尔的一首歌》《献给斯大林格勒的情歌》《献给红军的一首歌：庆祝红军到达德国边境》。这些诗中也不乏图解主题的空洞口号。作为智利共产党推荐的候选人，他还参加了总统竞选，情绪高昂，奔走各地，站在瓢泼大雨、泥泞土路和凛冽寒风中演讲、朗诵诗歌。来自圣地亚哥郊区的农民、铜矿和沙漠地区的人们，围拢在他身边，支持他，吻他，为他富有感染力的演讲和话语感动、哭泣……这种情形使聂鲁达进一步坚定了诗歌要为人民发言的信念，同时觉得诗人在今天仍属于神职诗人一系。从前这一神职是同黑暗达成妥协，而在今天则应该表现光明。

纵览这一时期的诗歌，1950年出版的《漫歌集》是一个高峰。其中长达五百多行的《马楚·比楚高峰》则是高峰中的高峰。马楚·比楚位于秘鲁境内，是古印加帝国的一个遗址。1943年秋天，诗人参观了这个古城废墟："这是无人居住的、骄傲和高大的世界中心，在某种程度上我也隶属于这个世界中心。我觉得我的手曾在某个遥远的时期在那里挖沟、凿石。我似乎既是智利人，又是秘鲁人，美洲人。我在那座高峰上，在光荣的遗迹上找到了继续讴歌的信心。"在这首诗中，聂鲁达将自我融入美洲的过去、现在和将来，融入生与死、天空与大地，融入花朵、石头、溪水、森林、金属、闪电和曙光，——心灵史诗和现实史诗合而为一，诞生出更具意义和光辉的史诗。当希望、斗争、铁、火山通过诗人的语言和血液说话，诗人高声地召唤——

美洲的爱，请和我一起攀登！

至此，聂鲁达已成为美洲大陆当之无愧的发言人。

这一发言人的角色在稍后的《元素的颂歌》《元素的新颂歌》《第三卷颂歌》等诗集中继续出现。"也许我不是自己在生活，也许我生活在别人的生活中。""我必须是我，并且努力在我生长的土地上扩展自己。"这一信念促使聂鲁达去追求人与大地的和谐，催促一个大陆的觉醒。他认为有义务去恢复古老的梦想，因为这些梦想至今还是石像、毁坏了的古碑、笼罩着一片沉寂的莽莽草原、茂密的原始森林和雷鸣般吼叫的河流。把它们变成诗，变成活生生的事实，工作还很艰巨。聂鲁达从最普通、最习以为常的事物入手，将番茄、土豆、洋葱、肥皂、烟草、煤炭、苍蝇、尘土等都写进了诗中，赋予它们生命与神圣。在他看来，事物不是象征，而是事物本身，是一种真实、一种愿望，需要诗人为它们说出并命名。

一个革命斗士、演说家、无神论者和共产党员的聂鲁达，容易被理解成一个直露、空泛和浮夸的诗人。的确，政治对诗人的纯粹性是有损害的，聂鲁达诗歌中过分的无拘无束、对词汇的炫耀、草率的比喻遭到了一些诗人的批评，胡安·拉蒙·希梅内斯就称他为“一个伟大的坏诗人，一个布局紊乱的诗人”。但聂鲁达绝对不是一个政治老手，也不是教条主义者。他的理想主义来自诗人自身单纯的信念：人性、正义、尊严和人类幸福。在某种程度上，他是一个天真的诗人。爱伦堡就看到了聂鲁达身上的这种天真，他在《人·岁月·生活》中回忆道：“他给人的印象是个清心寡欲甚至懒懒散散的佛。他的许多诗作都是嘹亮震耳的，但他谈起话来却低低的，他的声音不像是一个宣传家，而像是一个受了委屈的婴儿。”“聂鲁达从未选择过轻松的道路，但在艰苦的道路上，当人们在他周围颓废、啼哭、诅咒自己的命运时，他看到的不是卑贱，而是高尚，不是牛蒡，而是玫瑰——他生就这样的眼睛和心灵。”

1971年，聂鲁达因为他的诗歌“以大自然的伟力复苏了一个大陆的命运和梦想”而获得诺贝尔文学奖。

晚年的聂鲁达，生活继续动荡，被病痛折磨，但仍在黑岛的石头寓所中笔耕不止。他开始返璞归真，追求朴素、简洁、明快。沉思着时光的流逝、死亡的来临，心态却趋向平和宁静。

> 时间到了，我的爱，该摘下这忧郁的玫瑰，
> 熄去繁星，把灰烬埋入泥土……
> ——《曲终人散》

聂鲁达曾说过："最杰出的诗人乃是每日供应我们面包的人，也就是在我们身边的不自诩为上帝的面包师。"他就是这样一位面包师，把烤好的面包递到我们手中，新鲜、喷香，可以为一代又一代人充饥，从中获取力量。

半个多世纪前，有人问聂鲁达："诗歌到 2000 年将是什么模样？"

聂鲁达回答："即使到了下一世纪，也不会为诗歌举行葬礼。"他接着说："对正在死亡线上挣扎的人来说，诗歌是一种抚慰，它减轻人的痛苦，指导人如何康复；对形影相吊的人来说，诗歌是伴侣。它像火一样灼热，像雪一般轻盈、清新。它有手、有指、有拳。它如同春天的绿芽，如同格拉纳达的泉眼。它比导弹还要迅猛，比城堡还要坚固。因为，它深入人心。"

直至有一天，透过虚掩的门，
在院子里，在树丛中，
我们可以看见黄色的柠檬；
内心的寒冷
开始融化，在我们深处，
太阳的金色号角
投掷出歌声。

——蒙塔莱

埃乌杰尼奥·蒙塔莱：荆棘的引领

20世纪上半叶意大利现代诗歌复兴的标志之一，就是隐逸派（又称“神秘派”）的崛起。隐逸派关注生命、死亡、自然、灾难、恶等主题，抒发内心隐秘、微妙和瞬间的感受，强调诗人的生活首先是人的生活，追求纯朴凝练的诗风，形成了对加布里埃尔·邓南遮空洞雕琢的唯美主义和菲利波·托马索·马里内蒂否定一切的未来主义的抗衡与反拨。隐逸派出现了“三剑客”：朱塞培·翁加雷蒂、萨瓦多尔·夸西莫多和埃乌杰尼奥·蒙塔莱（Eugenio Montale，1896—1981）。前一位担任过欧洲作家联合会主席，后两位分别是1959年和1975年诺贝尔文学奖得主。他们当中，成就和影响最大的首推蒙塔莱。

由于大陆译本的贻误，有很长一段时间我把蒙塔莱看作一名简单浅薄的诗人。直到读到台湾杨渡先生的译本，才认识了另一个更真实的蒙塔莱——我醒悟过来了：哦，蒙塔莱原来是这样的，而不是那样的！大陆的翻译家吕同六也译过蒙塔莱，我们不妨对他与杨渡的译本作一对比，试举《光和雨》的一段为例——

栗子沉沉地坠落
急雨呻吟
在它们交织的声音中
心儿彷徨。
早熟的冬天
卷起北风叫人战颤。
我伫立在礁石上
薄暮融化冰雪中。

（吕同六　译）

在栗子的剥落声与
急雨倾盆的呻吟声之间
这两种声响，
多么叫人犹疑
早熟的冬天挟着北风
战栗地穿过！我自己
站在礁石上注视着薄暮
松软的光打在冰上

（杨渡　译）

稍作对比，孰优孰劣，孰好孰坏，一目了然。前者简单草率的翻译，使诗意、细妙和力度荡然无存，只剩下几个空洞别扭的句子。这使我想到，拙劣的翻译，是对读者的误害，更是对大诗人的糟蹋。

当然，这是题外话，但并非无的放矢。

当蒙塔莱——这位地中海之子——正式开始他的写作生涯时，法西斯主义已开始在意大利抬头。他拒绝奉命写作，成为自由派作家中的一员，并成为其中的冒尖人物。第一次世界大战期间他应征入伍，担任步兵军官；不久被聘为佛罗伦萨著名文学机构和图书馆——维俄舍科学文学馆馆长，但好景不长，由于拒绝加入法西斯党而被解除职务。有很长一段时间，他都是一名自由职业者。直到二次大战结束后，他被聘为《晚邮报》编委和《消息邮报》音乐评论人。

蒙塔莱不以高产取胜。在获得诺贝尔文学奖之前，他总共才出版了《乌贼骨》《命运》《暴风雨及其他》等数量不多的几部诗集。为此，有人颇有微词。而蒙塔莱说，诗歌并非商品，诗人不是商品的制造者，要像机器一样开足马力去生产。

蒙塔莱是一个真诚的悲观主义者。这种悲观主义姿态富有深思熟虑的远见卓识，既有疑问和迷茫，更能提出挑战和批判，因而比单纯的乐观主义更真实，更有力量。

在 1972 年出版的评论集《在我们的时代》中，蒙塔莱写道："只要保持一定的距离来观察我们周围所发生的一切，就不能不承认，世界受到猛烈的狂风的袭击，这是失望和模模糊糊的、无法表达的爱构成的狂风。"悲观的幽灵——一群黑天使在他的诗里行间出没："虚无在它的慢火上 / 冒着泡沫。"（《历史》）“我无法找到其他的证据 / 证明上帝还能眷顾我。”（《航向天涯角》）“没有神，也没有不朽 / 没有悲哀和欢乐，只有 / 一个零和小小的尘埃。”《声名和利益》）在去世前不久写的《终结》一诗中，悲观的调子继续存在，但更加坦率、透彻：“现在我只活在剩余的百分之五之中 / 请不必再增加药量，老天 / 老天永远有难测的风云。”

像但丁一样，蒙塔莱看到一切在崩溃，炼狱在持续，也像艾略特一样，蒙塔莱感受了存在的荒芜。但他既没有像但丁给出一个慰藉的天堂，也没有像艾略特在荒原中寻找基督教的终极解答。——他提供过程，而不是终点；提供启示，而不是答案。他宁可与“亲爱的忧郁”站在一起，“宁可在潮流之中生活，而不愿在没有时间概念的时代的沼泽地里生活”。他是一个在炼狱中坚持的诗人，体验着日常生活的无数炼狱的重压：枭鸟的哭嚎，死逝蝴蝶的心悸，年轻人在转变和动荡中的叹息，赤裸裸的绞刑具……这一切都回归到他身上。但他在坚持，在稳健地站立，因为他脚下有一块高度人性与良知的基石。在这块基石上，他向世界睁大了眼睛：“他给出的光 / 正是冒着黑暗的危疑的光。”（《变色石》）

蒙塔莱提醒诗人们不要放弃生活，尽管生活可能会逃避诗人。对生活之恶，他尤其睁大了眼睛：“我渴望找出罪恶 / 在这世界滋生的罪恶，如桅杆 / 轻微的裂纹里却紧锁了 / 世界齿轮的运转，刹那间 / 我看见了一切的事件。”（《粗糙的与本质的》）由于生活之恶无处不在，蒙塔莱的灵魂难以平静，诗中充满了不安，仿佛每事每物都潜伏着凶兆：死水、树的阴影、冰霜、暴风雨、悬崖、黑天使、猫头鹰、燕子僵硬的翅膀、十一月的淤泥，等等。这种不安的调子在《希特勒的春天》中达到高潮。1938 年，希特勒访问意大利，与墨索里尼密谋勾结。不久，二次大战就爆发了。在诗中，蒙塔莱把希特勒比作地狱的传信人，当他飞奔过街道，屠杀者们一齐敬礼。屠夫穿着花饰和草莓的外衣，人们的哭泣如怒火的花粉，与冰和盐一起飞散。——蒙塔莱成了时代灾难的预言家。

那么，在生活的虚无、阴影、恶与痛苦之中，诗人应该担当怎样的责任？在大众传媒泛滥的世界上，诗歌还能生存下去吗？蒙塔莱做出了回答。他认为伟大的抒情诗总是死亡，然后复活，它代表了人类心灵的顶峰。当年，亚历山大城图书馆的一场火灾使希腊文学四分之三的作品付之一炬，但今日的一片大火，只能烧毁那些迎风媚俗的作品，而更多的诗集会留传万世而不朽。正是基于这样的信心，蒙塔莱并不期望自己的诗歌成为“通往上帝之国的楼梯”，而是“像山羊 / 从沟渠里跃出，去咀嚼 / 李树上的苦液和沼泽的草 / ……像一支血箭 / 插在通往山坡的石头的指标上”（《西丽亚》），或者，去完成一次“荆棘的引领”——

因此你的工作
将在全新的阳光下绽放
荆棘引领你的心行过
世界的黑夜，行过沙漠花朵——
你最初血缘的海市蜃楼

——《艾斐思》

这样，蒙塔莱的悲观主义没有遁入虚无的海市蜃楼，而是以其真挚之情完成了愤怒与感恩的平衡。在《向日葵》一诗中，他还恳请花朵在阳光中怒放，把自己导向透明和初生的地方。

蒙塔莱被誉为“瞬间诗人”——如他自己所说的：“我只是刹那间看见世界的人。”《归来的人》在给诗歌下定义时，他认为诗歌是观念加音乐，是两者的相互透渗，而不仅仅是总和。由于他自幼喜爱音乐，跟男中音歌唱家西沃里学习声乐，梦想成为一名歌剧演员，音乐的成分不可避免地注入到他诗中。瞬间体验和音乐风格的结合，使他成为一名风格细腻微妙的诗人，尤其对生活细节有着出色的捕捉能力。如：“喘吁吁的狗走回家里 / 它的负荷写在齿牙间 / ……两个瞳孔之间，唯有 / 两只交映闪烁的蜡烛。”（《协奏曲之十九》）他不是在高大的树上，而是在细枝小叶中寻找他的诗神。又如——

鼹鼠的步履
噼啪踏响柠檬树
矜持的蔷薇飘落
长镰刀闪闪发亮
榅桲树上的小瓢虫
灼灼兴奋，小马
被唤到马枥下梳理鬃毛
——而后梦境征服了一切

——《绿屋》

如此细腻而且生动，真是妙不可言！

在长期的孤独和寂寞之后，蒙塔莱受到了祖国的尊重。总统授予他“终身参议员”称号，他去世后，意大利政府在米兰大教堂为他举行了隆重的国葬。

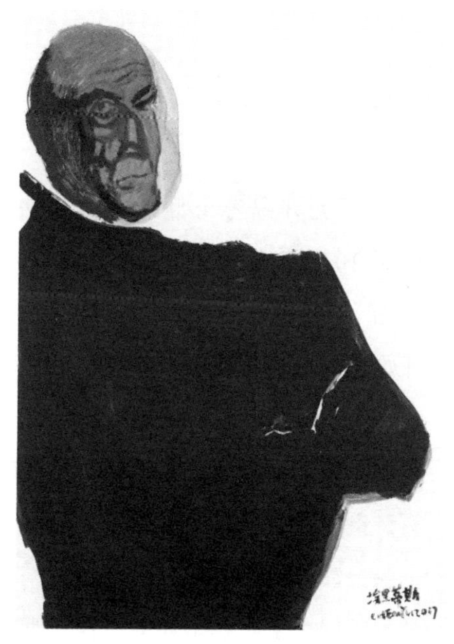

我们讲述生命，我们前行

同时告别它的正在移栖的鸟群

我们属于美好的一代人

——埃利蒂斯

奥季塞夫斯·埃利蒂斯：为光明和澄澈发言

“请允许我为光明和澄澈发言……”1979年12月10日，在斯德哥尔摩，奥季塞夫斯·埃利蒂斯（Odysseus Elytis，1911—1996）以这句话开始了他的诺贝尔文学奖获奖演说。

埃利蒂斯出生于克里特岛，是一个肥皂和橄榄油制造商的儿子。大学期间开始诗歌写作，著有诗集《方向》《初升的太阳》《理所当然》《对天七叹》《光明树和第十四个美人》，长诗《英雄挽歌》等。由于塞菲里斯的引荐，他曾担任过雅典国家广播机构的节目指导人和希腊芭蕾舞团理事会主席。他是一个性格内向、沉默寡言的人，一生未婚。在旅居和移居巴黎多年后，晚年叶落归根，在雅典去世。

埃利蒂斯一生追求光明和澄澈，这两种状态既概括了他生活空间（希腊）的精神特征，又体现了他创作的特点和成就，他已经和这种透明融为一体。

埃利蒂斯和塞菲里斯都在努力寻找“希腊的

真相”，并把这种真相告诉世人，以粉碎西方眼中那个过于理性的、抽象化的希腊传统。“解放大地的美”是他们共同的目的。但他们寻找的方式惊人地不同。塞菲里斯是一个向下挖掘的诗人，埃利蒂斯是一个向上飞翔的诗人；塞菲里斯是土拨鼠和穿山甲，埃利蒂斯是海鸥和信天翁。如果说塞菲里斯用现实主义的犁头向下挖掘，发现了历史和神话，那么埃利蒂斯则用超现实主义的翅膀飞升，接近了耀眼透明的太阳——“太阳神玄学”。

埃利蒂斯受过法国超现实主义诗歌的影响，并以自己的拼贴画参加过希腊超现实主义画展。他从来不承认自己是正统的超现实主义者，但认为超现实主义是这个垂死世界中仅存的氧气。超现实主义的反理性主义特征是一种革命、一次解放，而超现实主义对感觉和想象力的推崇给予了埃利蒂斯寻找“希腊真相”的重要工具。在他笔下，一位少女有时是柑子，有时又成了石榴树。微裂的有着神秘结构的石榴在瓦雷里诗中是饱满智力的象征，而在埃利蒂斯眼中已成为一株疯狂的超现实主义之树——在对明亮、力与美的热情赞颂中，感官彻底敞开，达到了泛神状态，而想象力则接近了迷狂——

在这些粉刷过的乡村庭院中，当南风
呼呼地吹过盖有拱顶的走廊，告诉我，
　　是不是疯狂的石榴树
在阳光中撒着果实累累的笑声，
与风的嬉戏和絮语一起跳跃；告诉我，
　　是不是疯狂的石榴树

以新生的叶簇在欢舞，当黎明
以胜利的震颤在天空高举起它的旗帜？
——《疯狂的石榴树》

埃利蒂斯是按照内心的尺度而不是神话的现存材料来重新创造世界的。他将基督教的圣洁观念与感觉世界融为一体，使其诗中的意象出奇地明亮：太阳、海、火焰、星、喷泉、少女、夏天、葡萄园、棕榈枝、橄榄树、船帆、飞鸟、水晶……带着创世初的至圣，向着天空飞升，它们的光芒穿透了云层。从他诗中泄露的光芒，太明亮了，使我们晕眩。

太阳在他诗中占有至高无上的位置——

我们的桅杆上有一个永恒的哨岗
太阳，至高无上的太阳！
——《疯狂又疯狂的船》

这位“饮日诗人”和“太阳神玄学”的创始人，把太阳渗透于诗的组织结构，把它置于构成诗细胞的核心。太阳之吻将罂粟花点燃，太阳将火焰的黄金谷粒撒向大地，太阳使鸟雀情不自禁歌唱，太阳使我们感恩，太阳翩然降临要在人类心中收获……埃利蒂斯告诉我们，勇敢些，再勇敢些，这就是天空——太阳的天空，而我们是它的鸟……埃利蒂斯是一位手捧太阳的诗人——双手捧着太阳而不为它所灼伤，并把它像火炬般传递给后来者，这在他看来是一项“艰巨而幸福的任务”。他强调，诗人必须这样做。

埃利蒂斯是“爱琴海的歌手”，他的诗歌是与爱琴海相呼应的一只只贝壳的歌唱，并传之弥远。在他笔下，大海是某种非常亲切熟悉的、毫不粗暴和恐惧的东西，如一块精心耕耘的土地，一座漫步徜徉的花园——

啊，一潭波光如镜的净水
神迹在深处漂流
啊，七朵小小的百合花在闪烁！
——《爱琴海的忧郁》

这哪是“爱琴海的忧郁”？在他的语言之乡，甚至忧郁都在发光。

埃利蒂斯是一位“从现实走向可能”的诗人，太阳、大海和爱纯化着一切，推动着一切。他之所以没有走向杜撰和海市蜃楼式的虚幻，是因为他至少有三个可靠的来源：现实、语言和内心力度。——他的光明和澄澈建立在坚固的基础之上。

现实往往是隐蔽的，需要一双发现的眼睛，使之裸露、呈现。在《光明的对称》一文中，埃利蒂斯说：“欧洲人及西方人总是在黑暗和夜色中发现神秘，而我们希腊人则是在永恒的光明中找到它。”他以拼贴画的形式、散文的笔法记录了现实中“光明的神秘”，以及对这些容易被忽视的细节的观察和体验。画面一：一条蜥蜴爬上一块石头，在烈日当头之际，跳起了真正的舞蹈——一连串难以置信的可爱的小动作；画面二：在帕斯岛和拿克索斯岛之间的海面上，一群海豚从远处游过来并超过了我们，它们跳出海面，足有甲板那么高；画面三：一位少女晌午走向大海，袒露的乳房上停落着一只蝴蝶，空气中充满了蝉鸣。现实“光明的神秘”使诗人陶醉、震颤，他把这种“震颤”——阳光中羽翅般的抖动——传达到诗歌中。

关于语言，埃利蒂斯在诗中写道：“他们给了我希腊语，/我住的是一所茅屋，在荷马沙岸上。/我唯一关心的是我的语言，在荷马沙岸上。”（《理所当然·受难颂》）他所关心的希腊语是一门表达细腻内容的细腻语言。对待生活现象，希腊语始终保持着一种柔和的态度。埃利蒂斯认为，语言不仅仅是一种交流思想的手段，它还是一种魔术工具，一种崇高的东西，希腊语这一魔术工具与太阳保持着一种现实和象征的关系——它不是诅咒的语言而是赞美的语言，不是黑暗的语言而是光明的语言。他称这种语言是“明亮震颤的语言”和“赞歌最初辞藻的语言”，也就是说希腊语与生俱来携带着光明并面向光明。

埃利蒂斯同时解放出了大地和内心的美，他的诗不是空中楼阁，不是人造的“乌托邦”。他的“可能”既来自内心，又来自现实，他融合了古希腊传统、社会需要和时代心理。他不是一个狭隘的民族主义者，在他看来，希腊不是一个封闭体，而是象征着某些能够在任何场合中丰富世界精神宝库的价值。这一价值有助于人类理想主义的共同追求。

“用了多少铁，多少石料，多少血，多少火/我们才能建筑、梦想、歌唱。”（《初升的太阳》）埃利蒂斯显然知道理想主义的困境，明亮和澄澈也不是回避黑暗和难度的“轻松超越”所能抵达的——“只有那种与自己内心的黑暗搏斗的人，才能最

终找到自己在阳光下的位置。”(《骡夫》)

同时，埃利蒂斯是一个雄心勃勃的诗人，就像他《对天七叹》中那个星期一的上帝那样，要建立一个新的黄道带。但他要重建的也许不是一个黄道带，而是把混乱的世界变成一颗晶莹透明的露珠——

整个世界，像一颗露珠。
在清晨，在山脚下闪烁。
——《英雄挽歌》

这颗露珠是埃利蒂斯的超现实主义之梦，带着光明和澄澈，向我们内心滚来。

下面一段精彩的论述是埃利蒂斯深思熟虑的产物，它谈到了诗歌的本质：“诗歌是一个充满革命力量的纯洁源泉。我的使命就是要将这些力量引入一个我们的理智不能接受的世界，并且通过更迭不断的变形，使这个世界与我的梦产生和谐。这里提出了一种现代的魔力。它的功能将引导我们去发现真正的现实。因此我相信，从理想主义出发，我将步入一个迄今未能被触摸的世界。我希望能够成功地摆脱一切束缚，发现一种与永恒的光明相互吻合的正义。”(《光明的对称》)

如此幸福的一天。

雾一早就散了，我在花园里干活。

蜂鸟停在忍冬花上。

这世上没有一样东西我想拥有。

我知道没有一个人值得我羡慕。

——米沃什

切斯瓦夫·米沃什：凝望地狱的花朵

显然，由于拒绝以侏儒和恶魔的口舌尖叫而要说出真纯和宽宏的话语，切斯瓦夫•米沃什（Czeslaw Milosz，1911—2004）成了他诗中所说的“失踪的人”——离开祖国，成为内在和外在意义上的双重流放者，只有在记忆中回到故乡的市镇和乡村。“失踪”意味着另一种“出现”，意味着告别虚假，追求真实，意味着清醒地写作，在一个黑暗世纪中表达对和平与正义之国的向往，为人类理想和尊严发言，也意味着“以不妥协的敏锐洞察力，描述人在激烈冲突世界中的暴露状态”（1980年诺贝尔文学奖授奖词）。

1968年，米沃什写过一本自传——《另一个欧洲》。他认为存在两个欧洲，自己是“另一个欧洲”（东欧）的孩子，命定要坠入20世纪的“黑暗中心”。他出生于“另一个欧洲”——波罗的海沿岸的小国立陶宛。由于当时立陶宛归入波兰版图，米沃什又一直用波兰语写作，因此他是一个波兰诗人，而非立陶宛诗人。

在立陶宛首都维尔诺（犹太人称它为“北方的耶路撒冷”），米沃什接受了小学、中学和大学教育。学生时代，他读到了一套波兰出版的“诺贝尔奖金获得者丛书”，其中1909年诺贝尔文学奖获得者、瑞典女作家塞尔玛·拉格洛夫《尼尔斯骑鹅历险记》一书对他启发很大，直接影响了他的诗歌观念。主人公尼尔斯骑鹅在天空飞翔，时高时低，既俯视地球又仔细地观察它。这一双重眼界成为诗人职业的隐喻。后来，米沃什也表达了相似的意思：距离是美的灵魂，但也要对现实进行热情追踪并了解全部的现实。

1933年，21岁的米沃什出版了第一本诗集《冰封的日子》，随后去巴黎留学。在巴黎，米沃什结识了一位亲戚——立陶宛裔法籍诗人奥斯卡·米沃什（1877—1939），这是一位巴黎的隐士、幻想家和先知。老米沃什将小米沃什视作亲儿子，以他强有力的人格力量教诲这个初出茅庐的青年诗人，在心智活动方面要追求一种严谨的、律己的体系，同时，当旧爱已被怜悯、寂寞和愤怒销蚀殆尽的时候，要向一个滑向灾难的疯狂世界发出警告。

第二次世界大战爆发后，波兰被德军占领，米沃什留在华沙参加了抵抗运动。除了秘密写作，还选编了一部抗德诗集《无敌之歌》。战后社会主义波兰成立，米沃什成为外交官，先后在华盛顿和巴黎的波兰使馆任文化参赞和一等秘书。随着斯大林主义盛行，他于1951年离开祖国，自我放逐到西方。旅居巴黎十年后移居美国伯克利，担任加利福尼亚大学斯拉夫语言文学系教授，并于1970年加入美国国籍。

从米沃什的生活道路可以清晰地看出他的创作历程和思想脉络。在“另一个欧洲”，历史已成为一个“嗜血的神祇”，充塞一个国家的是畸形的幽默、荒唐的罪恶、可怕的德行、现实梦魇般的不合理以及罗宾逊·杰弗斯所说的“非人主义”，人们过的是被迫接受的生活，而不是自己选择的生活。诗人感受到的是一种普遍的灾难：“变化的毁灭过程——在个人身上，在国家身上，以及在体系身上。”（《青年人和神秘事物》）“不论你到哪儿，都会碰上同一堵移动的墙。”（《野兽的肖像》）“每分钟世界的惨状使我惊讶。……每分钟一摸就在肉里感到创痛。”（《一个诗的国家》）米沃什还谈到自己反复做过的一个梦：一道致命的光线追逐着他，等他到达安全的岸边，终于将他穿透了。

既然岁月已经改变了我的血，
而成千的行星系统在我肉体中生生死死，
我坐着，一个灵巧而愤怒的诗人，
眼睛斜视，满怀恶意。
手中，掂量着笔，
我密谋复仇。

——《可怜的诗人》

这幅精神肖像表明，米沃什首先是一位警惕、愤怒和抗议的诗人。正如他在诗中呼唤的：“哦，黑色的背叛，黑色的背叛——雷霆！”（《阿德里安·齐林斯基之歌》）在《康波·代·菲奥里》一诗中，米沃什写到了诗人的愤怒是怎样被点燃的。康波·代·菲奥里是罗马的一个广场，天文学家乔丹诺·布鲁诺因宣传哥白尼“太阳中心学说”在此被宗教法庭处死。米沃什认为，处死布鲁诺的火刑柴堆至今还没有熄灭，人们在烈士的火刑堆旁争吵、大笑，觉得合乎道德，人性事物已经消逝，而死去的人已为世界所忘却。米沃什将华沙比作一个新康波·代·菲奥里广场，他写道：“许多岁月过去了，/在一个新康波·代·菲奥里/愤怒点燃了一个诗人的话。”

愤怒将命令诗人说出怎样的话呢？当然是说出真话——“在一间屋子里，人们一致保持一种共谋的沉默，说一句真话就像一声霹雳。天哪，要把真话说出来的诱惑，有如奇痒，变成一种不让人想别的什么的强迫观念。”（《授奖演说》）也要说出光——“就是不同意无意义，要寻求意义……”（《作家的自白》）

然而，从更本质上来说，世界虽然荒诞，却既不好也不坏，“大地，既不慈悲也不邪恶，既不美丽也不残暴，天真地坚持向痛苦和欲望开放”（《没有名字的城》）。正是基于这样的思考，米沃什认为想象力必须容纳痛苦、贬值、暴力、贫困、信仰和道德的滑坡，诗人应该有更大的承担。如果我们多愁善感，同时又无能为力，那么我们会生活在一种绝望的夸张状态中。

愤怒的诗人不愿像荒诞派那样去扮鬼脸，他需要的是健康、秩序、古典的纯朴，他要做一个肯定者：一边说“不”，一边将“是”扶起。

愤怒的诗人走向了怜悯与包容。

1987 年，米沃什在接受法国《文学杂志》的提问“对你来说什么是重要的事情”时回答说：“在我的作品中，我首先试图叙述引起我怜悯的事物的重要性；当然，这是从尊敬、虔诚、热爱的意义上谈论怜悯的。我非常看重这一点。比如说，确定一片面包、一把刀子的存在同样是一种怜悯。我所谈论的怜悯，是对于存在的事物的怜悯。”

关于怜悯，法国作家安德烈·莫洛亚也有过精彩的论述：“世上的一切，包括人、动物和石头，都应该得到同情，‘犯人值得怜悯，铁门更值得怜悯’（雨果）。要为恶心的癞蛤蟆，为肮脏的蜘蛛，为蠕动的虫子而哭泣。他们都在向上帝赎罪，最终也都会被上帝宽恕。”

怜悯之心使米沃什既没有像金斯伯格一样嚎叫，又没有像蒙塔莱那样成为一个悲观主义者，更没有滑入虚无、荒诞和梦魇的泥淖。这并不意味着诗人的妥协，不再发出愤怒和抗议之声，而是——声音中出现了另一种声音：对“现实”表示尊重，将这个充满恐惧和危险的时代视作人类上升到一个新高度之前经历阵痛的一个必要阶段，追寻意义和真理，以明朗而克制的心态迎向可能的曙光。这就是米沃什的“希望诗学”，与赫伯特的“反讽诗学”构成了波兰当代诗歌的两大维度。

经由怜悯，诗人要在世界的灾祸中建立“一点点秩序和美”，要活过多年到达“移动的边境”。在那儿，色彩和声音成为真实，世界成为一个和谐的整体。同时，一个新的、勇猛的种族必须诞生，米沃什请求一把火剑为我们劈开大地。

当这位忧愤的诗人掂量着笔，密谋复仇的时候，时常也会被世界明朗的一面打动，心怀感激——

当月亮升起来，穿花衣的妇女漫步时
我被她们的眼睛、睫毛和世界的整个安排打动了。
依我看来，从这样一种强烈的相互吸引里
终归会流出最后的真理。

——《当月亮》

米沃什十分喜欢19世纪初日本俳句诗人小林一茶的诗句："在这个世界上 / 我们走在地狱的屋顶 / 凝望着花朵。"

他正是这样一位在地狱凝望花朵的诗人。

我们带着希望也带着绝望，

从此永远回到家乡。

请你擦干湿润的眼睛，

朗朗一笑别再伤心。

每天都有事物在开始，

极其美好的事物在开始。

——塞弗尔特

雅罗斯拉夫·塞弗尔特：舌尖的战栗

《世界美如斯》是雅罗斯拉夫·塞弗尔特（Jaroslav Seifert，1901—1986）晚年撰写的一部回忆录，书中追忆了自己漫长一生中遇到的许多人和事，其中写到了童年的一件难忘的事：有一天，一位神甫给小塞弗尔特母亲送了一只做弥撒时使用的高脚杯，杯子是镀金的，装饰着宝石，平卧在柔软的天鹅绒托子里。母亲是位虔诚的天主教徒，将杯子藏在橱柜里。到了晚上，小塞弗尔特等父母熟睡后，蹑手蹑脚打开柜子，仔细欣赏这只神圣的杯子，然后把杯子举到唇边，做出喝酒的样子。

“在那个时刻，我从空杯里喝到了什么呢？”塞弗尔特自问自答，“一点儿亮光和一点儿黑夜。一点儿秘密，一点儿希望、信仰和爱情？……也许这个秘密至今仍在我的舌尖，我一生都想把它表达出来。”

如今，诗人已逝，但他战栗的舌尖已表达过那只神圣之杯的秘密——生活与世界的秘密。这个舌尖既是民族的，又是世界的。在他的祖国捷克斯洛伐克，几乎每个家庭都珍藏着他的诗集；在国际上，瑞典文学院将1984年的诺贝尔文学奖授予他，并给予他高度评价："由于他的诗作中所具有的新颖的感觉和丰富的创造力，提供了一个不可屈服的精神和多才多艺的诗人自我解放的典型。"

"自我解放的典型"一词确立了塞弗尔特作为诗人的价值和形象。他在一个艰险压抑的环境中成长：两次世界大战、"布拉格之春"、现实主义的写作教条等。他经历的岁月，正如他自己所说的是"既美好又辛酸，既滑稽又伤心、苦涩而混浊不清"的岁月。但诗人既没有像他的同胞米兰·昆德拉那样告别故土流亡国外，也没有陷入消极沉沦，更没有戴上一副假面具成为统治者的帮凶，他与良知、正义、人道站在一起，成为一名清醒者、不屈服的斗士和民族发言人。

诗人必须说出，
人们震耳欲聋的言词所遮盖的东西。

——《被吻着的嘴羞怯细语……》

然而这一形象并非与生俱来，塞弗尔特走的是一条不断唤醒自己的道路——从"冬眠"到"复苏"需要时间，更需要自己对自己实施"解冻"。他出生在布拉格郊区的一个工人家庭。父亲是社会民主党人，母亲是天主教徒，小塞弗尔特既跟着父亲去参加政治活动和群众大会唱歌，又与母亲去教堂唱圣母颂，虽然两者他都喜欢，但也意味着他从小就面对着一个矛盾的世界。

当塞弗尔特以《哭泣的城》和《全部的爱》登上文坛时，他被认为是一名左翼诗人，写出了最早的捷克无产阶级诗歌：前一部诗集描写了城市的贫困与斗争，后一部诗集将爱情与无产阶级革命和胜利联系在一起。不过，塞弗尔特要做民族发言人的信念一开始就显露出来，在《最温顺的诗人》一诗中，他发誓要做一位预言家为行人指明道路，要在革命中打响第一枪并成为第一个倒下去的人。同时他写道："然而我不过是恭顺地／听人民安排的一名诗人。"

从 20 世纪 30 年代开始，诗人脱离了政治关系，成为自由派作家中的代表人物。他抛弃了政治题材，转向抒发对童年的怀恋、对女性的赞美、对往事的回忆以及对友人逝世的哀念。他开始走向成熟，并表明了自己鲜明的诗歌立场：每一个诗人都应该听从自己发自内心的声音，不要说假话，不要靠谎言生活。

1948 年捷克斯洛伐克共产党接管政权之后，塞弗尔特的诗作被认为是不忠诚的、资产阶级的和逃避现实的。由于他拒绝遵循现实主义的创作方法，被看作是工人阶级的叛徒。1956 年 4 月在捷克斯洛伐克第二次作家代表大会上，塞弗尔特批评了当局的文化政策。为此，大约有八年时间诗人被禁止在国内发表任何作品。

1968 年，苏联坦克一夜之间占领了布拉格，镇压了以杜布切克为首的捷共改革派，这就是著名的"布拉格之春"。"布拉格之春"期间，塞弗尔特参加了一个为受迫害作家争取平反的委员会，写诗谴责苏联的入侵，他的爱国主义和民族感情燃烧起来。1971 年他在德国发表长诗《瘟疫柱》，将自己无常的命运与斯大林时代联系起来，描写了艰难岁月的恐惧感："不要听信关于 / 这次瘟疫已经消失的谎言。 / 我看见很多崭新的棺材 / 穿过这扇门，而且 / 这还不是唯一的入口。"

晚年的诗人，个人命运继续受到国家政治的左右：既担任过全国作家协会主席，被授予共和国艺术家称号，又在不同时期被禁止出版作品，遭受批评和不公正对待。但诗人的内心是自由的，任何压制都无法阻止他发出内心的声音。他说："我为能够感到自由而写作。一切语言活动都可以被看成一种为达到自由、为感到自由的欢乐和感觉主义而作的努力。人们在语言中寻找的就是最基本的自由——能够道出自己最隐秘的思想的自由。这是一切自由的基础。"（1984 年答瑞典《每日新闻》）

塞弗尔特不是那种声嘶力竭的抗议者，相反，他的大部分诗作有着温婉、柔美、抒情的风格，以建设中的"另一个世界"反驳"这一个世界"，以完美来对抗不完美。诚如瑞典文学院所说："他凭着自己的幻想为我们描绘出了与暴政和孤独截然不同的世界—— 一个跟现在这里同样存在的世界。"这个世界由爱、美、人性、友善构成，诗人用指环、裙裾、苹果树、春天、紫罗兰、月亮把它装饰。

在一个暧昧的、含混不清的世界，塞弗尔特努力唤醒人们的美好感情：对个人感情的肯定，对人性事物的尊重，以及祖国之恋、母爱等。他看到，每一天美好事物都在完结，同时也发现（也希望）："每天都有些事物开始， / 美好的事物开始。"（《歌》）即使在屈辱和贫乏中，美也到处存在，只要我们有一双善于发现的眼睛和一颗热爱美的心灵，“我到处漂泊，/不断地被美所惊讶”(《自传》)。正基于此，塞弗尔特坚持并完成了“正面”和“肯定”的歌唱。

他歌唱爱情。直到晚年，他都被誉为是一个“广义上的天真烂漫的爱情诗人”。在回忆录《世界美如斯》中，他坦诚地写到有一次在布拉格街上跟踪一位少女的经历。他说：“每当见到美丽的姑娘或者美丽的妇人，我的心便开始战栗，双膝乏力，而且会突然感到一阵悲哀！因为有那么多的美在我眼前溜走了，一去不复返了，且不要说得到它了。”他向往爱情，追求爱情，在爱情中跌跌撞撞——

我也歌唱女人，是啊，我歌唱，
被爱情所蒙住
　　我一生跌跌撞撞，
不是绊倒在落花上
就是跌倒在大教堂的台阶下。

——《如果你称一首诗为……》

他歌唱祖国之爱。特别是布拉格，这座城市以建筑、音乐、文化闻名欧洲，是一个“艺术之都”。塞弗尔特对她充满深情，把她视作自己的情人，不断地歌唱她“灿烂的美”。80岁的诗人经常为她彻夜不眠，徘徊在昏暗的小巷，1981年的《春天的眩晕》一诗中写道：“我手拿礼帽，/在布拉格的小巷漫步，/我脚下是她的石子路。/石子是粗糙的，/然而，诗人却重重地亲吻了它们。”

塞弗尔特善于从捷克民间文化中汲取营养。受捷克摇篮曲、赞美诗、民谣和抒情民歌的影响，他的诗歌富于歌唱性并加入了叙述成分，诗体简洁、直率、不加修饰，形式精练、浓缩，段落紧凑，语言日常化。尤其是经他千锤百炼得来的风格的细腻幽微、想象的奇异瑰丽和表达的质朴自然，令人怦然心动，凝神静息——

夜，我听见树梢上
鸟的心脏在跳动。
那天，在墓地的夜晚
我听到坟墓深处
棺材的嘎啦声。

——《我老了的时候》

塞弗尔特活了85岁，是艰难岁月的“幸存者”，是沧桑历史的见证人。从1921年的《哭泣的城》到1983年的《身为诗人》，一生出版了39部诗集。他的高产令人吃惊，他不屈不挠的精神更令人肃然起敬！

我鼓掌——你的卑微，确切些，你的毫无意义

构成一个族类，轰鸣加上尖叫，

但无论如何，与抽象的目的地

有一拼比，而我根本无法达到。

——布罗茨基

约瑟夫·布罗茨基：新但丁

切斯瓦夫·米沃什在谈到流亡诗人的命运时说："所有流亡诗人只是在回忆中访问他们的城乡，他们的保护神永远是但丁，可是今天，佛罗伦萨的数目增加了多少啊！"佛罗伦萨意味着驱逐之城，不可返回的故土。米沃什的波兰是一个佛罗伦萨，约瑟夫·布罗茨基（Joseph Brodsky，1940—1996）的俄罗斯也是一个佛罗伦萨。

事实上，布罗茨基的流亡生涯从少年时代就开始了。由于讨厌正统教育（尤其无法忍受教室里的领袖像和教员的胡言乱语），向往自由和"那被太阳晒得暖洋洋的无尽头的大街所产生的隐秘的快感"，15 岁的他便自动退学，到社会上流浪。他当过火车锅炉工、工厂铣床工，在医院停尸房干过临时工，跟一支地质勘探队找过铀矿，几乎到过俄国所有地区。正是在这个时期，他开始了诗歌写作。诗作以"地下刊物"的形式在民间广为流传，产生了不小的影响。1964 年他被指控为"社会寄生虫"，判刑五年，流放到北极圈附近一个只有 14 户人家的小农庄实行强制劳动，18 个月后获释，但被禁止发表作品。1972 年，在事先并未告知任何原因的情况下，苏联当局将他塞进一架飞机，驱逐到维也纳。后经奥登等人帮助，布罗茨基来到美国，成为一名美国公民，先后在密执安大学、哥伦比亚大学和纽约大学执教。

流亡主题在布罗茨基诗中一再出现。在北方流放地，那个四周沼泽、与世隔绝的小农庄，布罗茨基意识到法律的草叉已将他逐出宠幸，寒冷灌进胸腔，摇荡着心脏，而地里的麦茬“宛如死人下巴上的胡须”。——流放把诗人驱入“无人的世界”，变成一种“非存在的身份”，为了抵御北方的寒冷和荒凉，诗人“把手指缠上钢笔的四周，以温暖手掌”。《献给奥古斯塔的新诗篇》《日子从我头上滑过》《你将振翅，知更鸟》等作品是他的第一批流亡诗。他写道——

九月的第一天是星期二。
雨泼了一整夜。
鸟儿全飞回了南方。
我多么孤单，又多么勇敢，
甚至没有目送它们远行。
寂寥的碧空被击碎。
雨幕遮起它最后一点湛蓝。
我不需要南方。

——《献给奥古斯塔的新诗篇》

1972年的流亡使诗人被迫远离俄罗斯，与祖国血肉相连的关系被一刀砍断。诗人可能得到了如他自己所说的世上最好的两样东西：俄罗斯文化和美国护照。但流亡是一种加速度，将诗人推入绝对的孤独：昔日真实的生活——尽管是悲惨的——成为一种记忆，对母语的依赖却越来越强烈；新的落脚地给了诗人生存的安全，同时把他降为一个在社会上无足轻重的人物。《一九七二》一诗表达了这种心情——

如今我站在陌生的国度。它的名字无关紧要。
这里风大，阴湿，黑暗。风大，所以
午夜将树枝树叶抛上篱笆和屋顶。
如今我可以勇敢地宣布：
在此我将度完我的余生，慢慢失去
头发，牙齿，辅音，动词和尾缀……

布罗茨基称流亡是"教人谦卑的最后的课堂"，在这个课堂里，诗人的目光紧紧盯着过去，延宕了现时的来临——换句话说，减缓了时间流逝的速度。这是一种自由同时又令人不安的状态。在1987年12月召开的维也纳世界流亡者大会上，诗人发言说："流亡中的作家大致上是一个沉浸于回顾和追溯往事的人……他的脑袋总是往后瞧，眼泪或者口涎总是滴落在肩胛骨上。"他认为，回首以往比翘首未来更为有益，某些事件应该永驻纸上。

但是，流亡作家的薄弱点和面临的困境也是显而易见的，譬如不可自拔的怀旧、毫无节制的恐惧与愤怒，以及一个喋喋不休、自怜自爱的“我”，等等。布罗茨基的伟大之处在于他从个人逼仄的命运中走了出来，走向一个宽广的“我”——以其经验的广度和深刻的洞察，个人命运承担起了人类命运。表现在作品中，尽量减少第一人称色彩，“我”让位于描写，让位于客观性，让位于一个“阴郁的天国”：流亡与痛苦、离别与黑暗、罪愆与恐惧并未使诗人大惊小怪和多愁善感，而是通过冷峻、理智而优雅的笔触使之客观呈现。“我”是小于“一”的，但通过向外的观察和对外部经验的重视，“我”恰恰做到了大于“一”。他要求自己“从无穷里……说话”。他放弃了单纯的讽刺而选择了古典主义，维持了讽刺性与严肃性、愤怒与尊严这一“薄薄的刀刃”上的平衡，从而形成了异常清醒的风格。

如此来说，布罗茨基既是20世纪黑暗的受害者，又是一名受益者。流亡在某种程度上变成了“奖赏”，一种值得祝福的苦涩。

瑞典文学院将1987年诺贝尔文学奖授予布罗茨基，有着政治上的部分考量，但关键还是褒奖他艺术上的杰出成就：“在人与环境的冲突中表达美学与道德的和谐，对宏伟历史场景的表述，以及异乎寻常的广度、思想的清晰和强烈的诗意。”（授奖词）这些，也正是布罗茨基世界主义追求的具体表现。

的确，“世界主义”是他最终的流放地和自由王国。与曼德尔施塔姆一样，布罗茨基从青年时代就表现出“对世界文化的眷念”，广泛涉猎和钻研古希腊罗马神话、《圣经》、欧洲史诗、历史与传说。他拥有广阔的文化视野，将俄罗斯抒情诗与西方现代主义诗歌融为一体，前者受惠于对曼德尔施塔姆、帕斯捷尔纳克、茨维塔耶娃、阿赫玛托娃等白银时代诗人的熟知和理解，后者得益于向约翰·邓恩、弗罗斯特、艾略特、奥登等大师的学习。在《立陶宛的乐趣》《墨西哥室内乐》《科德角摇篮曲》《在英格兰》《来自明朝的信》等大量诗作中，布罗茨基表现出对异国经验的高度重视。这不能看作纯粹是地理学意义上的拓展和延伸，而是“在陌生的环境中可以更好地表现自我，脱离了原先的制约，有如遭到流放”，主体意识得以更加自由地激发出来。

但异国经验也好，历史题材也罢，都不是出于游览观光和探幽访古的癖好，都无法掩盖向现实说话的声音。布罗茨基是一个警觉而清醒的现实主义者——

一个二流岁月里的忠实臣子，
我骄傲地承认我最完美的构思
全属二流，并愿未来视之为
我挣脱窒闷的一些纪念。
我坐在黑暗里，很难辨
哪种黑暗更糟：是心里，还是身外。

——《我坐在窗前》

布罗茨基是20世纪黑暗的洞察者和穿越者。他认为，时间唯一的功能是增殖恶，世界在增加越来越多的疑团。末日可能已提前来临，令人惊诧和哀伤，但他终于保持了崇高与尊严的

风度。——一种“有节制的恐怖”。他写道：“为纯真头颅预备的。唯有利斧 / 和常青的桂冠。”（《一个美丽纪元的结束》）

西奥多·阿多诺说，奥斯维辛之后，写诗是野蛮的。——诗歌的存在还是可能的吗？对于世界及其前景，布罗茨基的态度并不乐观，但对于诗歌，他充满信心：不管是奥斯维辛之后，还是斯大林之后，诗歌还要继续下去。因为文学是社会具有的唯一道德保险，美拯救世界或许已为时过晚，拯救个人却始终存在着机会。他在答《巴黎评论》记者问时说：“诗人是语言诸多功能的镜子。……倘若我们同其他物种的区别在于语言，那么，作为最高语言形式的诗歌必然是我们人类学、其实是遗传学的目标。”

布罗茨基反对把诗歌看成娱乐和读物，他说“语言的堕落导致人类的堕落”，要求诗人在作品中使用市井语言和大众语言，是个荒唐的主张，大众应该用文学的语言说话。他建议每家汽车旅馆房间的抽屉里都应该放一本诗集，而在家庭中，把诗集放在柜子上，火炉架上，窗台上，让它无处不在。他说：“如果《圣经》不反对与电话簿为伍，自然更不会反对与诗集放在一起。”

布罗茨基的诗歌作品包括俄文版的《短诗和长诗》《驻足荒漠》《一个美丽纪元的结束》《罗马哀歌》和英文版的《诗选》《言辞片段》《向乌拉尼娅致意》等。他用双语写作，1986 年出版用英语创作的四十多万字的散文评论集《小于一》；1995 年，出版了生前最后一部英文散文集《悲伤与理智》。作为一位诗歌至上主义者，这两部散文集却为他赢得了更高、更广泛的声誉。

他曾说过，散文作家可以向诗歌学到很多东西，而诗人能向散文学到的并不多。“……一个诗人无须求助于散文。”《悲伤与理智》中译本由上海译文出版社于2015年出版，发行量很大。以下是我为《南方都市报》撰写的“年度致敬图书”短评：

> 一位将诗歌视为“语言的最高形式”和“我们整个物种的目标”的大师，其散文写作是诗歌以另一种方式的继续和延伸，21篇文字的共同主题仍是“诗与诗人”，有着诗的精准、强度和密度。在《小于一》之后，于边疆大暴雪中阅读布罗茨基的“天鹅之歌”（最后一部英语散文集），是取暖、提神、告慰，可以强健我们的精神与体格。他探求的“悲伤”与“理智”，是两种对立的情感元素，却是语言最有效的燃料，是永不褪色的缪斯的墨水；他的“颂扬苦闷”，使我们有了“目不转睛直面糟糕”并捍卫热忱的勇气。读这样的书，可以改善我们内心，进而改善语言和思想的现实处境。刘文飞的译笔老道、舒展而有力，恰切地传递了大师的声音，以及俄罗斯“白银时代”的气度与神韵。

1986年，布罗茨基开始了雄心勃勃的长诗《20世纪》的写作，这是一部20世纪的编年史和沉思录，按照他的计划，该诗全长将达一万多行。可惜诗人未能活过20世纪，长诗仅完成了开头部分。1996年1月28日晚，布罗茨基因心肌梗塞在睡梦中猝然去世，终年55岁。

“死亡是第二个佛罗伦萨”（《佛罗伦萨的十二月》），新但丁已站起，“有满腔的话说，/俯身在空白的纸上，写下一个词”(《波波的葬礼》)。布罗茨基去世后，俄罗斯笔会中心发表悼词说：“随着他的去世，我们时代的俄罗斯诗人们的殉难史结束了。……他的一生，受压制、流放、侨居和获诺贝尔文学奖，是俄罗斯文学的悲痛和补偿、不幸和幸福。他的著作将成为21世纪俄罗斯文化的基础。”

作为悲剧一代的发言人，一个“墨水比血液更加诚挚”的人，布罗茨基赢得了世界性的尊重和热爱，其中包括中国诗人，特别是青年一代的诗人。对他的怀念和理解来自全球各地，也来自中国——

> 在一个人的死亡中，远山开始发蓝
> 带着持久不化的雪冠；
> 阳光强烈，孩子们登上上学的巴士……
> 但是，在你睁眼看清这一切之前
> 你还必须忍受住
> 一阵词的黑暗。
>
> ——王家新《布罗茨基之死》

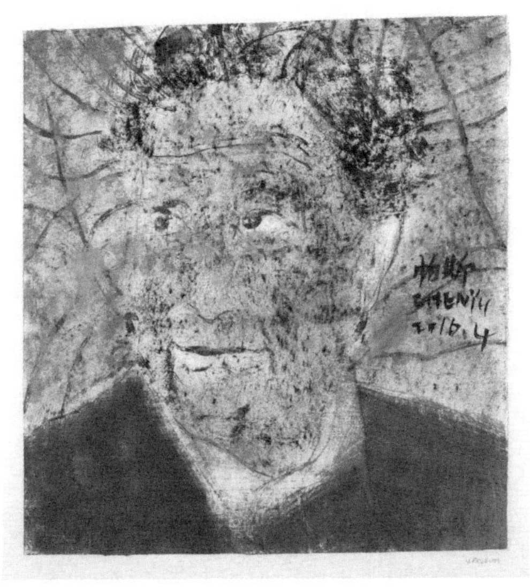

大海坐在我的身边

地板上还铺展着他那洁白的尾浪。

寂静之中，长起了音乐之树

树上挂满各种美妙的语言

闪闪发光，成熟、蒂落。

——帕　斯

奥克塔维奥·帕斯：向着开始，永远出发

1990年10月11日，当该年度诺贝尔文学奖授予奥克塔维奥·帕斯（Octavio Paz，1914—1997）的消息传来时，他正在纽约访问。在受到美国总统乔治·布什接见时，帕斯建议总统多读点诗。同一天，墨西哥《每日报》的记者采访了他，他同样建议墨西哥总统卡洛斯·萨利纳斯也应该读诗。

帕斯说，政治家们总是谈论结构、经济、社会性和阶级性，却极少谈论人的内心，而人是比经济形式和精神形式更复杂的存在。人有七情六欲，要恋爱，要死亡，有恐惧，有仇恨，有朋友。这些感情出现在文学中，并以综合而纯粹的方式出现在诗歌中。他还说："要使这个社会变成人的社会，就必须听听诗人们的声音。一个新社会要想对人有一个清楚的概念，就必须注意诗人的诗。"

帕斯有资格提出这样的建议。作为与聂鲁达、博尔赫斯并驾齐驱的拉美三大诗人之一，他的影响远远超出了墨西哥和拉丁美洲的范围，是世界

性的大诗人。他既是诗人，又是散文家、随笔作家、文学批评家和政论作家，从 17 岁主编《楼梯扶手》以来，主编和参与编辑的杂志多达十余种。他的诗集《语言下的自由》《取暖煤炉》《向下生长的树》，散文集《孤独的迷宫》《弓与琴》《榆树上的梨》等赢得了广泛的赞誉。1990 年出版的《帕斯作品全集》多达 13 卷。除诺贝尔文学奖，他还获得过比利时国际诗歌大奖、西班牙评论奖、塞万提斯文学奖、英国艾略特奖、德国法兰克福国际和平奖、墨西哥国家文学奖等二十多项重要奖项及众多荣誉称号。

诗评家唐晓渡称自己是帕斯的“单恋者”，他如斯评价：

> 或许，帕斯发出的始终只是诗的声音，然而在我看来，如果不同时注意聆听他面对历史（尤其是艺术史和思想史）、社会、政治、宗教、哲学诸领域，甚至面对自己的身份之辨（到底属于“左派”还是“右派”）发出的更多的声音，就不能真正理解他为什么会说“在革命和宗教之间，诗歌是‘另一个声音’”。他有关现代性的观点，高翔于世界主义和本土主义之间，或欧洲主义和美洲主义之间的二元对立之上，从而没有给历史、社会或政治决定论留下丝毫余地。
>
> ——《单恋：有关帕斯的若干瞬间》

综合写作，触类旁通。在帕斯身上，体现了一种全面的素质和修养。他血管里流着印第安人和安达卢亚西人的血液，他是“文化混血”成功的典范：“将拉美大陆的史前文化、西班牙文化和现代西方文化融为一炉。”（诺贝尔文学奖授奖理由）并自觉接受法国超现实主义、印度佛教、中国老庄哲学和日本古典文学的滋养。这使他成为一个视野广阔、激情洋溢、富有包容精神的诗人。

他曾这样写道，“为了忘却 / 真正生活的虚伪 / 为了记住 / 虚伪生活的真实”（《一个诗人的墓志铭》），他与时代、祖国和人民站在一起，去洞察生活的真实和虚伪。他是一个有正义感的人，15 岁因参加学生运动被警察拘留两天两夜，被禁止进入一切学校，1968 年为抗议本国政府镇压学生运动，愤然辞去驻印度大使之职。

他来自一个封闭落后的国家。在他最著名的散文集《孤独的迷宫》中，他为民族性格塑了像：墨西哥人脸上有一副“面具”，性格封闭又执拗，隐恨忍痛地生活，由于环境的冷酷无情、充满敌意，而远离世界、他人和自己，像高原上的植物，在多刺的表皮下贮存体内的汁液。——墨西哥人从生与死两方面都是孤独的、与世隔绝的。他们之所以狂热地爱好节日、集会和仪式，因为只有在那时才能一改平日的麻木、呆板和沉默寡言，可以歌唱、嚎叫、大放爆竹，甚至朝天开枪，使灵魂得到解脱。帕斯替压抑民族寻找的正是灵魂的解脱和自由，让自由之手将“面具”扯下。

我像凌空的火焰一样生活，
我紧张地把启明星效仿。
——《在你清晰的影子下》

世界是一个孤独的迷宫，一个无限放大的监狱。人囚禁其中，迷失其中，自由在哪里？在帕斯看来，自由在火焰凌空的时候，在事物摆脱它们名称的时候，——自由更在语言中，在诗歌中。1949 年出版的诗集《语言下的自由》被帕斯称为“我真正的第一本书”，他在序言中写道：“面对寂静和喧嚣，我创造语言即自由，它每天创造自己，也将我创造。”“语言与自由”是帕斯深入探索的一个主题。语言是想象力自由飞翔的天地，“语言是比我们称之为民族的政治与历史实体更为广泛的现象”。词，本身就代表了快活、纯洁、自由，“像云，像水，/ 像光线，像空气，/ 像在大地上游荡的眼睛”（《单词》）；在飞鸟的路上，写作才能前进，在写作的纸上，人们才能自由自在地往来不息（《内部》）；当言语在空气中消失，诗人也应该在言语中消失，如同光线在自身中消失（《诗人的命运》）；“每个人都在自己语言的牢狱里 / 合资建造巴比伦塔”（《非天非地》）……这塔，高耸入云，通向自由的天空。

时间，是帕斯探索的另一个重要主题。“诗，不是别的，只能是时间的眨眼，是在其消失之时为我们显示时间的符号。”“诗歌爱上了瞬间并想在一首诗中复活它，使它脱离连续性，把它变成固定的现在。”帕斯是写作时间和瞬间永恒的大师。他用诗歌对现在说话，也对过去和将来说话；和身边的人说话，也和死者、未出生的人、树木、城市、河流、废墟、动物说话。这样，世界成为一种并置和同在，诗歌进入了时间和其他时间：一种文明。这样，“眼睛的箭 / 射中瞬间”（《面对时间》），使一切时间，无论真实的还是想象的，都变成了此时此刻。诗人要摆脱时间规律的束缚和时光流逝的焦虑，要进入的与其说是寂灭，还不如说是活着；与其说是永恒，还不如说是再生——“另一种时间”静止了，透明而没有阴影——

时间有另一种静止的时间
它没有钟点、重量和阴影
也没有过去和未来
我只是活着，像木凳上那个老人
沉思、如一、永恒
我们永远看不见它，它周身透明。

——《时间》

受超现实主义的影响，将超现实主义的“爱情和自由”视作法宝，帕斯追求感官的彻底开放和想象力的高度自由。诗中充满了奇思妙想，譬如《在大路上》一诗，诗人要拦住路上行人，拦住一位姑娘，把她种在两棵栗树中间，用夏天的雨水把她浇灌，使她扎根、生长、出叶，长出歌唱的树冠、白雪似的花朵和一个婴儿；《来访》中，田野穿过石头和干旱的城市，走进诗人的房间，它伸出戴着小鸟手镯和叶子手镯的绿色手臂，手里还拎着一条河流；散文诗《蓝眼睛》像一篇短篇小说，一个矮小的青年为了满足未婚妻“要一串蓝眼睛”的愿望，持刀拦住了“我”，千方百计要挖“我”的眼睛，最后发现“我”的眼睛不是蓝的，才失望地松手。帕斯奇妙而大胆的想象出乎意料，令人吃惊，使人陶醉。

墨西哥是一个山岳纵横的国度。帕斯写了许多石头：失重的石头、烧焦的石头、死亡的石头、爆炸的石头、心脏搏动的石头、卧着闪电的石头、潮水拍打的石头、失眠之枕的石头、刻满文字的石头、秃鹫休息的石头、与龙舌兰对称的石头、碰撞石头的石头、广场纪念碑的石头……他写出了一块伟大的“石头”——《太阳石》。

太阳石是 15 世纪阿兹特克人打造的石历，由玄武岩雕成，重 24 吨，图案中间是手握人心的太阳神，四周刻着利剑、羽蛇等符号和象征物。《太阳石》共 584 行，与阿兹特克人的纪年吻合，也正是金星绕太阳公转一周的时间。诗人用狂放的想象、充沛的激情和渊博的知识，将历史、现实、神话、梦幻和记忆融为一体，沉思生命、死亡和时间，沉思宇宙无限的轮回：“前进、后退、迂回 / 但最后总是到达。”在这个轮回中，一个循环结束，另一个循环开始，周而复始，无穷无尽，正如太阳石历的隐喻。“我”做着不会做梦的石头的梦，在石头的昏睡中死而复生。“我”成为另一个人，成为“我们”，成为一个“复数”，然后回归“一”：“所有的名字都是一个名字 / 所有的面孔都是一张面孔 / 所有的世纪都是一瞬间。”诗人追寻现时，摆脱永劫的轮回，抓住了“瞬间的永恒”。

《太阳石》令世界诗坛为之倾倒，被誉为“最伟大的西班牙语诗篇之一”。西班牙诗人拉蒙・希劳说：“我有三本《太阳石》，一本为了阅读，一本为了重读，一本将是我的随葬品。”

帕斯著述等身，佳作纷呈，却极为清醒和谦逊。他希望自己能够留下半打诗，让未来的读者不时地想起，不时地阅读。

他把年近花甲出版的诗集取名为《向着开始》。他的确总是向着开始，永远出发，走向深邃和博大——

在梦中度日，行走赶路
总是出发，就是我的生活。
——《岩石》

你会重新爱上那个曾经是你的陌生人。

拿出红酒。奉上面包。把你的心归还给

它自己，给那个爱了你一生的

而被你因另一个人而忽视

却始终了你于心的陌生人

——沃尔科特

德里克·沃尔科特：被分割的孩子

西印度群岛像一颗颗美丽的宝石，镶嵌在碧波荡漾的加勒比海。1992年诺贝尔文学奖获得者、诗人德里克·沃尔科特（Derek Walcott，1930—2017）就出生在其中安的列斯群岛的圣卢西亚岛上。该岛总面积600多平方公里，人口不足12万，是多种族聚居、多文化杂糅的一个地方，1979年摆脱英国殖民统治获得独立。

沃尔科特一岁丧父，在当教师的母亲抚育下长大。大海是他的另一个母亲，涛声则是他的摇篮曲。“细听，我就能听见珊瑚虫在营建，/两个海浪击出一片静默”（《海难余生》）。看到的是“那一株株从夏眠的房子/望出去的烤焦的黄色棕榈/整个八月都在打瞌睡”（《仲夏，多巴哥》）。童年记忆铭心刻骨，他的诗歌闪耀着与大海有关的意象：岛屿、海平线、帆、沙滩、渔民、浮石、珊瑚、海葡萄、棕榈、香蕉叶……

他的血管里同时流淌着非洲和欧洲两种血液。据说他的祖母和外祖母均为非洲奴隶，祖父是荷兰人，外祖父是英国人。他在《飞翔号纵帆船》一诗中道出了自己的身份：“我只不过是一个喜欢大海的红种黑人，/我受过良好的殖民地教育，/我身上有荷兰、黑人和英国血流，/所以我要么不是任何人，要么是一个民族。”

这种混血身份常常使沃尔科特感到矛盾和困惑。混血，也同时意味着不合法、没根没底、无本无源和“无种族”。所以他称自己是一个“被分割的孩子，生错肤色”，并宣布“现在我没有民族，只有想象力”。《远离非洲》是沃尔科特经常被人们引用的一首诗，诗中表达了他在黑人立场和白人立场之间摇摆不定的矛盾心理——

我为两种血液所毒，
被一条血管分割，我该转向哪里？
我诅咒
为英国统治者服务的酒醉官员，可我如何
在这个非洲与我所爱的英语之间作出选择？
出卖两者，还是奉还它们给予的？

加勒比地区是一个到处打上了殖民烙印的地方，沃尔科特是昔日殖民统治的大声抗议者，虽然大多数岛国逐渐摆脱殖民统治获得独立，但今日的加勒比地区也并非是一个世外桃源、一首田园诗。“我踱着葬礼上的步子，想到的不是/迷失于美国之梦的生活。/而是我用我这小岛居民的纯朴/无法改进我们的新帝国。”（《维尔京群岛》）这个新帝国文明地拿出照相机、手表、香水、白兰地，试图换来美好的生活，生锈的轮盘赌具被海风涩涩地吹动，整装的货船每天清晨驶向有银行点数钞票的地方，而旅游业像疫病侵染着各个岛国，败坏了风景和隐秘的美……沃尔科特不安地看到了这样的现实，心情十分复杂。

也许是出于“要改变你的语言首先必须改变你的生活”的追求，沃尔科特从青年时代开始就成为一名自我放逐者。1950年他离开圣卢西亚到牙买加的西印度群岛大学就读。大学毕业后移居特立尼达和多巴哥，担任《特立尼达卫报》撰稿人，创办了“特立尼达戏剧作坊”。从80年代开始，他在美国和加勒比地区之间来回生活，曾在美国哈佛大学、哥伦比亚大学、波士顿大学任教，每年夏季则在特立尼达度过。

沃尔科特18岁就出版了第一本诗集《诗二十五首》，此后继续出版的诗集有《诗选集》《在一个绿色的夜晚》《被抛弃的人及其他诗作》《海葡萄》《星苹果王国》《幸运的旅行者》和《仲夏夜》《阿肯色契约》《奥梅洛斯》《奖金》《铁波罗的猎犬》等二十多部。他还是一名重要的剧作家和画家，著有剧作《要一位领袖》《三个刺客》《猴山梦》等近30种。他杰出的才华主要表现在长诗《另一种生命》和《奥梅洛斯》中。前一部是个人自传体叙事长诗，长4000多行，为他赢得了英国国际作家奖、《洛杉矶时报》文学奖等多项大奖；后一部长诗共7卷64章，取材于欧非混血的克里奥尔人的方言神话，置于一个加勒比海渔村的现实生活场景，被誉为“一部恢宏的加勒比海史诗”。

诗集《白鹭》是诗人的封笔之作，因“动人，技术上的无懈可击”“会成为衡量其他诗歌作品的准绳”而获得2011年英国艾略特诗歌奖。全书共97首，其中近20首写到了意大利。中译者程一身认为，《白鹭》是城市诗与自传诗的融合，是“挥霍余生”，更是“期待宽恕”。它的关键词是“告别”“消失”“永诀”……夹杂深深的悔罪意识，写得异常激越、震颤，同时具有一种穿越时空的丰富想象力。请读这样的诗句：“……必然有一次对武器的永远告别：告别终将消失的暴风发型美人。”“此刻我的头发与那些遥远的山顶押韵 / 山顶塔楼的钟声历数我的过失。”在叶芝的“为什么老人不能发疯”，布罗茨基的“用报复将余生挥霍”之后，我们听到了沃尔科特独异的声音——“余生仍然期待新的可能”。

沃尔科特是我理想中的“混血写作”“综合抒情”的典范，立足多元而将自己锤炼统一。

加勒比地区虽然是一个多元文化交融的地方，但它从根本上缺乏历史和文学传统。除了甘蔗种植园的遗址和废弃的碉堡之外，这里没有可供凭吊叹息的废墟，历史只存在于地形地貌和花草树木之中，种族的混杂和“无种族”特征使他们发出的声音无本无源，支离破碎。沃尔科特将这里的诗人比作“荒岛上的鲁宾逊”，必须自行制作他们使用的工具，给自己重新命名。但沃尔科特与其说是鲁宾逊，还不如说更像亚当，在失乐园之后要为世界重新命名——

> 亚当有了主意。
> 他要和蛇一起把乐园
> 的损失夺回来。

于是造了新世界。看上去很不错。

——《新世界》

正因为表达了对这一新世界黎明的向往，并奋力去追求，然后抵达，沃尔科特当之无愧地成为加勒比诗歌传统的建立者和加勒比精神的发言人。然而当他用诗歌爱上这个世界的同时，也看到了现实与生存的真相：贫穷、沉默、孤独、欢乐中的不安与担忧。他称生存本身就是“可见的诗歌”，他的声音有时也显得十分忧伤，有一种挽歌式的悲怆色彩，诗中出现了一个克洛德・列维－斯特劳斯所说的“悲哀的热带”——

整天，雨在铁皮屋顶
痛斥生活的贫困，
整天，落日像砍断的手腕那样流血。

——《另一种生命》

沃尔科特是一位语言大师，他熟谙标准英语的内在魔力，又将加勒比地区地方英语的活力注入其中。他的风格呈现出复杂与清澈、晓易与深奥、美与力的有机结合和微妙平衡。他说：“什么是我的领域？16 世纪晚期。”他指的是莎士比亚，他从莎翁身上学到的是华美又朴素的风格、抒情与叙事结合的手法和宏伟壮丽的激情。但他同时说：“我是念英国文学长大的，但我发展出来的，是自己的视觉，不是英国的。”他还说：“我无风格可言。”这种“无风格”事实上是风格的包容和风格的多元化，不管是自然主义、表现主义、超现实主义、意象主义，还是隐逸派、自白派，沃尔科特都广泛地借鉴，取它们的精髓。如果说风格即人，沃尔科特就是一个“风格杂家”，痴迷于一种伟大的“杂色写作”。

在一些评论家眼中，沃尔科特是“一位西印度群岛诗人”或“一位来自加勒比海的黑人诗人”，他们将他地方化、边缘化。但约瑟夫·布罗茨基在读了他的《另一种生命》之后惊叹：“嗬，又一个卓越的诗人！”他说：“我明白我们面前站着一位巨人。……他才气惊人。批评家想把他归类于西印度群岛的地方诗人，这是犯罪。他是我们身边最了不起的诗人。”在评论《涛声》中，布罗茨基认为沃尔科特用诗歌获得了“一种高于阶级、种族甚或自我等定义的身份的方法”。

瑞典文学院称沃尔科特是多元文化桂冠诗人，赞扬他的诗歌“大量散发光和热，深具历史眼光，是多元文化作用下的产物”。

在诺贝尔文学奖颁奖典礼上，沃尔科特作了题为《安的列斯群岛：史诗记忆的片断》的演讲。他把诗歌创作比作修复打碎的花瓶，技巧则是黏合碎片的胶水：“花瓶打破之后，把碎片拼凑起来时付出的一片爱，要比它完好时把它的完整视为当然的爱更强烈。黏合碎片的胶水是它原来形状的保证。”诗歌创作的过程就是“拼凑破碎的记忆，搭成神像的框架”。

沃尔科特将诗歌定义为“追求完美时流淌的汗水”。他说这汗水要像塑像额头的雨滴那么清新，把自然和大理石加以结合，它“不是在冷若冰霜的大理石上进行传统雕琢时所流的汗水，而是令人耳目一新的元素，雨和盐的凝聚”。

沃尔科特最后形象地说，诗歌创作“正像一个珍惜我们这地区平凡生活的孩子，他打开练习本，在上面规规矩矩地按照格式，谱写着诗章，这些诗章也许恰好是一个因无名而有福的岛屿上那些山头的光明”。

让薄荷的气味醉人且无力自卫吧

一如放风场里被解放的囚徒。

一如那些被漠视的人，我们对他们翻脸

是因为我们的漠视已经令他们失望。

——希　尼

谢默斯·希尼：时间中的挖掘

威廉·巴特勒·叶芝去世那年，谢默斯·希尼（Seamus Heaney，1939—2013）出生了。不敢臆想他是否就是叶芝的“转世灵童”，但有一点已经得到了公认：希尼的出现填补了叶芝身后的“空白”，他成为继叶芝之后最重要的爱尔兰诗人。

由于“他的诗歌充满抒情的、优美和道德的深度，使日常的奇迹和活生生的往事得到了升华”，希尼获得1995年诺贝尔文学奖。他是继叶芝、贝克特之后爱尔兰第三位获奖者。

叶芝出生于艺术之家，而希尼则是农民的后代。他的家乡毛斯邦农场位于北爱尔兰德里郡，是一个四周有着田野、泥炭沼地、长满亚麻和桤树丛的地方。大自然理所当然地成为希尼的第一个教师。1966年问世的第一本诗集《一个自然主义者之死》表明他是一个忠诚的自然之子——一个睁大了眼睛的孩子，惊奇地注视着山楂树、带花斑的蝴蝶、屋顶一捆捆的金色稻草、铁匠砧上的火花、磨石工的面孔以及蛙卵如何变成大肚子牛蛙的过程。一切都无法逃过这个孩子的眼睛。他是故乡物事细致入微的观察者和有条不紊的审视者，他要做“多苔藓之地的耳垂和喉咙”。他趴在童年的井口，嗅闻水草、真菌、湿青苔的气味，望着井底幽深神秘的黑暗，那里隐藏着“个人的诗泉”，“我写诗 / 是为了认识自己，使黑暗发出回音”。

从先辈的世代劳作和家乡农事中，希尼找到了写作的隐喻：挖掘。窗下，父亲在挖白薯；记忆中，祖父在挖泥炭。希尼把自己看成是挖掘者的后代，只是劳动的工具由铁铲变成了笔——

> 在我手指和大拇指中间
> 那支粗壮的笔躺着。
> 我要用它去挖掘。
>
> ——《挖掘》

一个埋首苦干的挖掘者，正是希尼早期形象的真实写照。他在童年记忆、农村风景、日常生活细节和地方主义中挖掘。要找到通向世界深处的一条小径。在这种深度中“劳作正在以不损伤身体来取悦灵魂的开花或跳舞”（叶芝）。由于召唤了往昔成群结队的精灵，由于使消逝的时间得以重现，诗人的内心充溢着难以形容的喜悦和战栗。

如同白薯和泥炭是父辈们挖掘的资源，希尼收获了丰富的细节资源，他使每一个细节发出美妙的声响，呈现钻石般的意义——

雨水透过桤树丛淋下来，
那低而渐大的声音
轻诉着凋零和腐烂，
然而每一滴都令人想起
钻石的纯粹。

——《曝露》

1969年是希尼的转折点和分水岭。这一年，警察与天主教徒之间发生了流血冲突，最后以英军进入北爱尔兰进行平息告终。此后，暂编的爱尔兰共和军和来自北方的亲英派准军事组织接连不断制造爆炸事件，发生暴力冲突，北爱尔兰成了一个敏感、动荡的地区。

外部现实构成了对诗人敏感内心的冲击。这一年，希尼已是贝尔法斯特女王大学的英语讲师。时局的变化使他意识到：“从那一刻开始，诗歌的问题开始从仅仅为了达到满意的语言指谓变成转而探索适合于我们的困境的意象和象征……我感到迫切需要发现一片有力的领域，可以在不必背离诗歌的步骤和经验的情况下……把人类理性的景观也包揽进去，同时承认暴力中的宗教激情有其可悲的真实性和复杂性。”（《进入文字的感觉》）希尼的心情变得十分复杂，一个单纯的挖掘者此时已成为一个紧张的倾听者。

20世纪60年代末和70年代初出版的三部诗集《通向黑暗之门》《在外过冬》和《北方》是诗人内心动荡不安的见证，是一串串通向黑暗之门的徘徊的足音，表达出有责任的沉思。与此同时。诗人的视野扩大了，更加关注现实，关注民族的历史、经验和眼前的悲惨境遇，做到“既忠实于外部现实的冲击，又敏感于诗人存在的内在规律”。

但希尼没有成为一个大声疾呼者，他保持了克制忍耐的姿态，既愿意承担他那部分世界的重量，又不愿服从故土的悲惨环境。回首这个时期，希尼讲了教士凯文的故事：凯文跪着祈祷时，一只画眉鸟错把他伸开的手臂当作了栖息处，落在上面下了一堆蛋。凯文被博爱众生的怜悯所征服，一直跪着，一动不动。不知过了多少白天黑夜，直到鸟蛋破壳，雏鸟展翅飞离。希尼要告诉人们的正是忍耐，他相信在现实的动荡之上存在着“真理的稳定性”。

一定程度上，希尼又是超脱和漠然的。“我已经倦于在创痛与不公之间作出不断的调整，一会儿被种族与愤怒的长尾巴摆弄，一会儿被那些比较可接受的怜悯和恐怖的感情摆弄。”(《一九七一年圣诞节》)在诗集《北方》中，诗人宣布自己是一个内心流亡者：“我不是在押犯，也不是告密者，/而是一个内心流亡者，变得头发长长，/心事重重。……”

为了自己的独立性和非政治倾向，诗人于1972年携妻儿离开北爱尔兰，隐居于爱尔兰共和国威克洛乡间。1976年移居爱尔兰首都都柏林，受聘于美国哈佛大学和英国牛津大学，教授英国文学。

20世纪80年代以来，希尼出版的诗集有《斯泰逊岛》《山楂灯》《幻视》《夜半裁决》等。他还出版了四本散文集：《专心致志》《舌头的管辖》《写作的场所》和《诗歌的纠正》。希尼的散文作品主要研究北爱尔兰、爱尔兰、英国和世界诗人及其作品（这个名单包括了杰弗雷·乔叟、乔治·赫伯特、约翰·济慈、罗伯特·弗罗斯特、叶芝、华莱士·史蒂文斯、伊丽莎白·毕晓普、曼德尔施塔姆等数十位诗人），同时畅谈自己的诗歌观点。

在谈到诗歌的功用问题时，希尼认为："在某种意义上，诗歌的功效等于零——从来没有一首诗阻止过一辆坦克。在另一种意义上，它又是无限的。"希尼同意博尔赫斯所说的诗歌是"肉体的激动"的观点，欣赏史蒂文斯所说的"一种内在的暴力，为我们防御外在的暴力"。他多次引用波兰女诗人安娜·斯怀沃的一段话："诗人变成天线，获取世界上所有的声音。一种表达他自己的下意识和集体意义的媒介。"他要求在想象的事物和我们居住的世界之间，诗歌必须履行平衡锤的功能，这样，诗歌"变成另一种真理，我们可以求助这种真理，可以在这种真理面前以更充实的方式了解我们自身"。

希尼的诺贝尔文学奖授奖演说题名《归功于诗》，他将自己取得的成就归功于诗，因为对世界来说，诗歌建造了一种秩序；对诗人来说，诗歌是一种帮助；对时代来说，诗歌又忠实于生活。希尼在演讲结束时说："我们自己是价值的追逐和搜集者，我们的孤独和痛苦本身是可信用的，至少它们也是我们实实在在的人类的一笔保证金。"

希尼晚期诗歌表现出向内心世界和灵魂尺度靠近的迹象。继续关注日常生活的种种奇迹，强化道德深度，又增添了不少幻想和冥思的成分。从往昔经验过渡到现实期待，从"世态"转移到"心态"，从空间奔向时间。一个大地的挖掘者在抚今追昔的眺望中看到了时间的伤口——

> 小紫罗兰的头低垂在梗上，
> 黎明前的蛛丝，所有的露珠和窗纱
> 和星星的花边，我反而是透过这些
> 才感到我们生活其中那巨大的
> 时间伤口的跳动。
>
> ——《迈锡尼景色》

希尼那支如农具般粗壮的笔的挖掘是空间意义上的，更是时间意义上的。这正如他热爱的俄罗斯诗人曼德尔施塔姆所说的“用诗歌的犁铧翻耕时间，把时间的深层和黑土翻到地面，重见天日”。除此之外，希尼还给了自己一项任务：修复时间的伤口。一代又一代优秀诗人都效劳于这一伟大而艰巨的工作。

北爱尔兰获得和平之后，希尼说过一句话：“我不会忘记听到停火那天的感觉：犹如黑暗的屋顶被打开，灿烂的阳光射了进来。”英国桂冠诗人泰德·休斯称希尼的诗歌是“世界诗歌史上一个巨大而美丽的事件”。在英国和爱尔兰，希尼是一位公共诗人，喜欢旅行、演讲和朗诵，他的每部诗集发行量都达数万册，这在当代诗人中是不多见的，从中可以看出英国读者对诗歌的热爱和对诗人的尊重。20 世纪 90 年代的统计数字是，在英国国内，仅诗歌出版社就有 200 多家。

后　记

《正午的诗神》是我33岁那年写的一本书，1999年由新疆青少年出版社出版。《星星》诗刊曾连载过两年。近20年来，一些青年读者一直在寻找这本书，常有人在我面前提及它，从而使我产生过续写的想法。但苦于事务缠身，愿望一再被搁置，延宕。

从荷马到希尼，我写了40位外国重要诗人，对西方诗歌传统进行了一次个人化的、选择性的梳理。此书是我的读诗随笔，是青春期的“拿来主义”，自己给自己上的“诗歌课”，借此建立起个人的文学参照、审美趣味和价值尺度，持续半年的写作，其本身是一个学习、倾听和放眼世界的过程。

我在初版自序中写过：“我力图勾画出那些站在人类峰巅的大师和天才们的精神肖像，传达他们旷世的空谷之音。只要这本书对那些正在艰难跋涉的当代诗歌写作者有所鼓励，对青少年诗歌爱好者有所启发，那么，我的劳动就不会是白费的。……通过这本书的写作，我无意做一个诗歌的普及者，但愿意成为一名传播者——将诗歌的灯盏传递到可能的读者手中。”

庆幸的是，时间一晃过去近20年，这本书没被遗忘，反而被越来越多的读者喜爱。我在豆瓣上读到过一些热心读者的评论，在此摘录几则：

> 苏比：2000年吧，高中同学沙和高送我生日礼物，就是这本《正午的诗神》。我的这生，被它改变。
>
> 滚石 Ubyan：听说很多人是因为看了这本书开始写诗的。
>
> ubyan：我的诗歌启蒙书。
>
> 断弦的耳朵：诗歌和人物背景精密结合，让人更深入的体会到诗歌的内涵不是文字所能涵盖的，一直延伸到灵魂的深处，久久震撼和悲伤……

现在，慧眼的刘春兄决定再版此书，我心存谢意。从一家边疆出版社到另一家边疆出版社——令人敬重的广西师范大学出版社，《正午的诗神》获得了一次重生机会。每本书都有自己的命运，《正午的诗神》无疑遇到好运，我将再版视为对一本书的祝福，以及对我个人的激励。要特别感谢画家陈雨先生，他的40幅风格独具的肖像画，使此书大为增色。文中引用多位翻译家的译作，在此一并表示感谢。

1998年写这本书时，米沃什、沃尔科特、希尼等人还活着，此番修订过程中，87岁的沃尔科特走了。至此，《正午的诗神》

变成了一本写40位逝者的书。这倒符合我对阅读的一个观点：少读活人的书，多读死人的书。——活人的书正在经历无情的死亡，而那些经受了时间淘洗的作品，是值得信赖的，留下死者不朽的声音。

这次修订，除了必要的勘误和补充，基本上保持了全书的原貌。我想，就让它成为青春期阅读与写作的立此存照吧，也算是敝帚自珍和不悔少作。

沈 苇

2018 年 4 月